ハヤカワ文庫JA

〈JA1443〉

アメリカン・ブッダ

柴田勝家

JN110244

早川書房

8551

目次

アメリカン・ブッダ

雲南省スー族におけるVR技術の使用例

中国南部、雲南省《うんなん》とベトナム、ラオスにまたがるところに、VR《バーチャル・リアリティ》のヘッドセットをつけて暮らす、少数民族スー族の自治区がある。

　彼らは生まれた直後に、ヘッドセットをつけられ、仮想のVR世界の中で人生を送る。首長《くびなが》族として知られるカヤン族が、幼少期から真鍮《しんちゅう》製の首輪をつけ、それを次第に増やすのと同様に、彼らもまた、長ずる程に独自の装飾が施されたヘッドセットへとつけ替えていく。

　スー族の人口は僅《わず》か六千人規模で、中国国内における少数民族の中では極めて少ない部類に入る。山岳民族としては珍しく、一地域に定住し、山羊の飼育と国内向けのソフト開発——これは二〇年代に中国が推奨した、少数民族によるSE《システムエンジニア》技術者養成政策の賜《たま》物《もの》でもある——によって生計を立てている。

VRのヘッドセットをつけて暮らすというのも、元は数十年前に、この地のプログラマーがこぞって上海のIT企業に雇われ、その時に開発したVR技術を持ち帰ったのが始まりであったとされる。それ以降は、ベトナムやラオスを経由して運ばれる安価なヘッドセットを買い取り、スー族のプログラマーが自身で開発したソフトを走らせているという。そうして雲南省最大の、つまり世界最大の水力発電所がもたらす電力を使いつつ、彼らは永遠に自分達だけの世界に浸って生きているのだ。

スー族を独特な民族として語る時には、いつであれ彼らだけのVR世界のことが注目される。しかし、彼らがVRを通して、実際に何を見ているのかは未だに明らかにされていない。一説には彼らの祖先の神話を描いたものと言われているが、そこが曖昧にされているのにも理由がある。それはつまり、我々が我々の世界に囚われている限り、彼らの世界を理解できないということだ。

スー族の自治区に入ると、まず目につくのが険しい山脈と、茫々《ぼうぼう》と生える緑の草、そして居留地の区切りを示す石造りの道標である。

長年使われてきたであろう石階段を昇ると、スー族の居留地が見える。家屋は石造りと土造りが混ざった形態で、村の中央に大家を意味するバジが存在する。バジは共同生活の場であり、スー族の人間は寝る時以外は、常にこのバジで暮らしている。

五色に彩られたバジは、一種の荘厳さがあるが、常にヘッドセットをつけている彼らにとっては、色も装飾も何ら意味を持たない。あくまで外部から来た人間に部族の伝統を示す目的でしかなく、実際、彼ら自身の個人家屋は簡素なものであり、一切の装飾がない。

バジに入ると、端童《ルートン》と呼ばれる外部向けの案内役が出迎える。彼らは二人一組で行動し、一人は村の人間としてヘッドセットをつけているが、もう一人は取次役としてヘッドセットをつけていない——これは主に近隣の部族から迎えられた端童の妻などが担う。

スー族の伝統衣装というものも、数十年前には存在したらしいが、現在では全ての人間が都会的ないでたちをしている。それというのも、彼ら自身がVR空間でのみ伝統衣装を着る方向へと変わっていったからだという。今では、伝統的な民族の装いとして残されているのは、年齢や職業によって差異を見せるヘッドセットだけとなっている。

端童はバジを案内してくれ、共同生活の場としていかにそれが重宝されているのかを説く。山羊の鳴き声が聞こえるのは、このバジの裏手に放牧地があるからだとし、これらも外の部族から来た女性が介添人として面倒を見ているという。

バジの中央では何人ものスー族が、籐座《アタドウ》と呼ばれる籐製の独特の椅子に腰掛けている。

彼らは身動きもせず、ひたすらVR空間に没入している。会話をするでもなく、村の人間が一列に並ぶ光景は確かに異様でもある。端童の話では、スー族の人間の多くがVR空間上で生活をしているという。彼の言う生活とは、即ち現在も行われているソフト開発と、その他、村の儀礼などを指す。

スー族は独自に開発したVR空間を持ち、これは外部の人間では見ることは叶わないが、僅かに説明される限りでは、スー族の宇宙観ともいえる山を中心にした神話的風景の世界であり、距離と時間を問わず、村人のアバターが点在しているという。村の人間は物理的距離とは一切関係なく、その空間で互いに交流し、日々の生活を送っている。このVR空間は一つの集落だけのものではなく、山を挟んで複数存在する他のスー族の集落とも共有しているという。

食事の時ですらヘッドセットを外すことはなく、彼らは慣れた様子で、介添人の運んできたものを籐座に腰掛けたまま食べる。主食は山羊の乳で作ったチーズと麦だが、これはVR空間上であらゆる食物と香りが投影されるおかげで――これも現実とは異なるものを脳が勝手に補正するクロスモーダル知覚の一例だ――何も不自由に感じていないという。彼らの生活はVR上で完結する為に、余計なものは一切必要ないのだ。

彼らが席を外すのは用をたす時と寝る時のみで、介添人の女性の手を借りて移動をする。

一見すると外部の村から来た人間が奴隷のように働かされているように感じるが、決してそうではない。スー族の人間にとって介添人の存在は自分達の世界と現実世界を繋ぐ、一種の神聖な存在として扱われる。

これは我々の世界にとっては、神霊の世界を物語る巫女やシャーマンと逆の位相にある存在ともいえる。より現実的な例ではオリヴァー・サックスの『色のない島へ』で語られる、先天性全色盲の島民の存在を思い起こさせる。その話では、全色盲の島民は決してマイノリティではなく、健常者の島民と対等な関係を築いているのだ。

スー族の生活で、最も興味深いのは結婚と出産の儀礼だ。

いくらかの村人は、よその民族の女性を妻に迎えることがあるが、それは代々、端童の職掌を担ってきた家系――この村では現在、三つの家族が相当していた――のみで、他の村人は同じスー族で他の集落に暮らす者を配偶者とする。

彼らはVR空間の中で出会い、そこで恋愛をするという。少数民族的な風習とはかけ離れた、いかにも都会的な自由恋愛の先に婚姻があるのだ。そうしてVR空間で結婚の約束を取り交わすと、主として女性側が夫のいる集落を訪れる。山越えを経ての婚姻である為、この時は集落の長老が特別に街のガイドを雇って、ヘッドセットをつけた花嫁を運ぶのだという。

結婚式もVR空間の中で執り行われる為に、外から見る限りはその行程は極めて質素だ。至って普通の格好で村に訪れた花嫁は、バジに招かれて、そこで座す花婿の肉体と出会うことになる。VR空間上では何度となく、両者はアバターを通じて触れ合っていたが、ここに至って初めて互いの肉体を知る。しかし彼らにとって、肉体というのは単なる外部化された装置に過ぎず、そこには顔の美醜や体型の好みなどは一切関係ない。

そもそも配偶者が婚姻によって村を訪れるのは、ひとえに子供を作るという即物的な目的の為であり、それを目的としないで、VR空間上のみで結婚を果たしたカップルも多く存在するという。そして、そういった何組かのカップルは、実は同性であることが後から判明し、顔を合わせたくても合わせられない事情があると、端童の男性が面白おかしく語っていた。

そういった複雑な恋愛関係の中で、無事に婚姻を果たしたカップルは次に子供を作る——当然、セックスの最中も互いのヘッドセットを外すことはない。そうして生まれた子供は、長老の次に権力を持つ産婆の元で、人生最初の儀礼を受ける。

つまり、ヘッドセットの装着である。

乳児用のヘッドセットも、このスー族が独自に開発したもので、巷《ちまた》に出回っているものではない。とはいえ同時期に何十人も乳児がいるわけでもない為、大体は使い回しである。乳児がヘッドセットをつけるのは、首がすわる時期からで、そういったものは産婆が全て感覚で見計らうという。乳児の見ている世界と齟齬《そご》のないように、機能は大きく制限されており、VR空間上に母親の乳首が判別できるような光点が表示されるのが、乳児用ヘッドセットの特徴だという。

こうして一度ヘッドセットを装着すると、以後は成長する毎に新しいものにつけ替えられる。そしてつけ替えの瞬間でさえ、子供には目を瞑《つむ》るように厳しく言い含める。このつけ替えの時、スー族の人間は、目を開けると悪魔に魅入られると説く。目を開けた子供は「薄目で世界を覗いた者」を意味するスージンジンになると伝えられ、元の世界には帰ってこられないと脅される。こういったこともあり、ヘッドセットをつけ替える時もスー族の人間は外界の情報から身を守ろうとする。スー族の人間が現実世界を目にするのは、実に生まれてから僅か数カ月程度でしかない。

スー族の子供は大人と違い、バジの外に出ることも多いが、それでも一箇所に固まって座り、ヘッドセットを通してVR空間上で遊ぶことになる。スー族の人間が極めて貧弱な体つきをしているのも、ここに原因があるとする論文もある。とはいえ、歩行に支障がなければ、日夜籐座に腰掛けて暮らすだけで良いのだから、特別に体を鍛える必要もない。

ここで一つ踏み込んで、スー族の見ているVR空間についての論考をしてみたい。

まず、この話をする前に今から十数年前に起きた一つの悲劇について話しておきたい。

それはドイツの研究チームが、とあるスー族の集落を訪れた時の話である。

彼らはスー族が見ている世界がどういったものなのか、また生まれながらにしてVR世界に没入している彼らにとって、現実世界がどういった意味を持つのか、それを心理学的、精神医学的に解明しようという試みを持っていた。

研究チームの一人が——彼らは例外なく、友好的なスー族によって出迎えられていた——夜半の内に、あるスー族の男性の家へと忍び込み、ヘッドセットをつけたまま寝ている彼の傍《そば》へと寄ると、あろうことかその頭を覆う装置を取り外してしまった。哀れな男性はそこで飛び起き、自身に起こった事実を受け入れると、その場で泣き崩れた後、嘔吐を続け、ついに発狂して亡くなったという。

これは都市伝説的に語られている内容で、実際にこういった乱暴な手順であったかは定かではない。より正式な手続きを踏んで、男性からヘッドセットを外したであろうことは推測できる。しかし、その後に起こった事故は話の通りだ（ここでは当然、詳細を省いて伝えている。調べればすぐにわかることとはいえ、同じ研究者として、殊更に醜聞を広めるのに憚《はばか》りがあるからだ）。

この話を聞いた時に思い起こしたのは、メアリーの部屋という思考実験であった。メアリーという名の神経科学者が、白黒の部屋の中でのみ過ごしながらも、色という存在について正確に把握しているとし、彼女が色彩に溢れる外界に出た時、色覚について何かを学ぶだろうか、というものだ。

これは思考実験であり、明確な答えはない。しかしスー族の男性の例もまた、これと同様のことが起こっていると感じる。彼はＶＲ世界でのみ過ごしていたとはいえ、正しく現実世界を認識していたはずである。しかし結果として彼は亡くなってしまった。あたかも海に放り込まれた淡水魚が、その体から水分が抜けて死ぬのと同様に、スー族の男性は現実世界の重さに耐えきれずに亡くなってしまったというのか。

当時のことを知る長老に話を聞けば、彼はバジの中央で、鳥の羽根を模した飾りのついたヘッドセットをつけたまま、重苦しく口を開く。

「私の見ている世界が、貴方達の見ている世界と違うことは知っています。しかし、こうは言えませんでしょうか。全ての人が自分だけの世界に生きていると。例えば、貴方はアメリカで生まれ、青年期を過ごし、やがて恋をし、平穏に暮らす。しかしある日、突然に目覚めると自分の横にヘッドセットが転がっていて、自分が中国の奥地で暮らしている少数民族の一人だと知る。逆のこともありえます。私が本当は貴方のようなアメリカ人で、何かの研究で生まれてからずっと、VR空間を通して、スー族という架空の存在として生きているとしたら。自らの人生が仮想のものだと気づいてしまったなら、誰であれ正気を保つことなどできない」

長老が拙い英語で語る話は、古く中国で「邯鄲《かんたん》の夢」として知られているものと同じであった。彼らにとってVR上の世界こそが本当の世界であり、それを取り去ったからといって、この現実世界に順応するわけではない。我々にとっての現実がいつか、ただの夢であると告げられて、それを信じられる人間が果たしているだろうか。

続けて長老は言う。

「私は今、貴方に向けて話しているが、私の主体は常に私達の世界にある。貴方は今、私には一つの点として見えている。点とは貴方達の世界では点を指すが、私達の世界では個人の情報を指している。そこに差異があるのは確かだが、だからといって、それがどう違って見えるかを伝える術《すべ》を持たない。私達の祖は、それこそ外の世界を知り、それを元に私達の世界を作ったのだろうが、世代を経るにつれて、次第に私達も手を加えていった為に、今となってはどれほどに外の世界と違っているのか見当もつかない。さらに言えば、私にとって貴方が今、本当に存在しているのかも定かではない。私が貴方の手を取ろうとも、それが貴方のふりをした他人のものであるかどうか、それを確かめることもできないのだから」

長老の言葉は、彼らの世界観についての示唆を与えてくれていた。彼らにとってはＶＲ空間こそが現実であって、現実世界というものは夢と同様のものに過ぎない。


滞在中、一度だけ葬礼の場を経験した。この地で最も興味深いものが結婚と出産ならば、最も意義深いものが葬儀になるだろう。

その日、村の広場では、とある老人の死体が、今まさに焼かれようとしていた。老人の葬礼には、介添人の女性以外は誰一人として参加していなかった。しかし、そう見えたのはこちらの世界の話であり、端童の話によれば、今もＶＲ空間の中では老人の葬儀が執り行われているのだという。

老人の肉体は焼かれて灰に変わり、タッシブという白檀《びゃくだん》製の小さな櫃《ひつ》に入れられて、山沿いにある共同墓地の一角に埋められるという。これら一連の儀礼で最も重要なものは、老人がつけていたヘッドセットが取り外される瞬間であり、介添人の女性が死体からそれを外すのを見られたのは幸運だった。なんといっても数十年間にわたって装着し続けたものであり、それを外すのにも相当の手順が必要になってくる。

まず、既に後頭部でヘッドセットを結ぶベルトと髪が複雑に絡んでいる為に、それらを丁寧に鋏《はさみ》で切り離す必要がある。ついで、綺麗な水で目の周りを濯《すす》いでいく。積み重なった垢と硬質化した皮膚によって癒着したヘッドセットを剝がすのは、並大抵の苦労ではないように思えた。

ようやくそれが取り外された時、そこにあったのは厚い眼鏡のように盛り上がった眼輪筋と、小さくすぼまった瞼だった。まるでモグラか地中の蛇のようだったが、この身体的特徴が見られるのも、ヘッドセットを取り外し、火葬に処されるまでのごく短い間だ。

積み上げられた薪《たきぎ》の上に寝かされた老人は、そのまま凄まじい火力によって焼かれる。灰と煙が強い風に乗って、集落全体へと渡っていく。この間も、VR空間では、彼の為に村人達が祈っているのだという。

興味本位から、老人の使っていたヘッドセットがどうなるのかを端童に訊ねると、それもまた、ヘッドセット用の墳墓——これを彼らは黒座《ハルドウ》と呼んでいた——に置かれることになっており、そこには祖霊達だけの特別なVR世界が存在しているという。当初、これは宗教的な表現であり、生きている人間には知覚できない死者の為だけの存在かと思っていたが、そういうわけでもないらしく、現在生きているスー族の人間も、死者達のVR世界とはシームレスに行き来ができるのだという。

この黒座に入った者達は、純粋な情報として存在しているらしく、ＶＲ空間では生者とも普通に会話を行えるのだという。このあたりの感覚は、西洋文明に慣れ親しんだ側からは理解できないが、彼らの世界観にとっては至って通常のことであるらしい。

ひとつスー族の村で聞いた、奇妙な話を付け加えたい。

ある年に、電力会社の問題でスー族の村に電力が届かなかった時があった。やがてヘッドセットの充電が切れ、このままではＶＲ空間にいられない状況に陥った。普段であれば、村にある発電機でまかなうか、数人が使えなくなる程度ならいっそのこと寝てしまい、何日間か暗闇の中で過ごすだけのことだったが、その年の電力不足は深刻であり、村人全員がＶＲ空間から追い出される、つまり彼らの世界が終わってしまうという未曾有の事態となった。

世界の終末を突きつけられたスー族達だったが、当時の地方政府で問題が山積していた為に、彼らのことは後回しにされてしまった。ようやく役人が様子を見に来たのは、電力供給が止まってから実に一週間後のことだった。

数人の役人達は、ＶＲ空間の中で過ごすスー族がどうなっているのか心配もしていたが、同時に不謹慎な賭けも行っていた。それはスー族に初めて訪れた重大な危機に対し、彼らが先祖伝来のVR世界を捨て去り、我々と同じように暮らし始めているのか、あるいはそれに順応できずに全滅などという悲惨な結果になっているのか、というものだった。

しかし、その賭けは成立しなかった。

役人達が見たのは、以前となんら変わらず、篠座に腰掛け、彼らだけの世界に没入するスー族の人間達の姿だった。

何か非常用の機械を用意していたのかと問えば、スー族の誰もが口を揃えて「なぜ来たのか」と問い返してくる。彼らは自分達の村に電力が届いていなかったことを一切知らなかった。一週間の間、何一つ問題もなく、彼らは彼らの世界の中で暮らしていたのだ。

彼らがつけているヘッドセットが起動していたのか、していなかったのか、それは役人達の誰にも解らなかった。

この話は事実として語られている。そしてまた、大いにあり得る光景だと断言できる。

我々の世界が一秒ごとに連続して繋がっていると果たして言えるだろうか。僅かな間、世界が閉じていて何もない状態が存在し、我々はそれを自らの脳で補完して繋がっているように錯覚しているのだとしたらどうだろうか。そしてスー族の人間にとって、ヘッドセットの充電などというのは些細な問題に過ぎず、生まれてから死ぬまで自分達が見続ける世界を、既に脳の中で構築しているとしたら。瞼を閉じようが、機械の故障によって映像が止まろうが、彼らは自らの脳で別の世界の光景を描き続けるのではないだろうか。ヘッドセットの有無など関係なく、彼らはまるで夢を見るように自分達のVR世界に生きているのだろう。

スー族の例は、我々の世界の中に別の世界を作ることが可能だということを教えてくれている。それは未だ個人の認識から離れ得ないが、やがて他者と共有できる認識が生まれた時には形を変えるかもしれない。目を閉じるだけで別の世界へ入場を果たし、そこで我々は肉体に支配されない生を得られるのかもしれない。

スー族の祭礼劇であるワンバ節《せつ》――その意味は「頭で考えたものを描く」だ――は何より奇妙で、かつ何よりも荘厳な芸術であるといえる。

とはいえ彼らの祭礼では、我々が想像するように村の広場に集まって火を焚いて踊るような真似はしない。スー族にとって祭礼とはVR空間で行われる、神との対話そのものを指すのだという。

夜半過ぎになると、バジに村人が集い、それぞれが籐座に腰掛けた。既に全ての扉が開け放たれ、夜の冷気が中へと入り込んでくる。薄ぼんやりと浮かぶスー族達の影が、次第にバジの五色の壁と一体化し、巨大な壁画のように見えてくる。ヘッドセットをつけた彼らには、夜の闇も問題ないのかもしれないが、こちらは小さな灯り一つを頼りにするしかない。

やがて長老が何事か呟くと、それを契機にスー族の人間達が言葉を朗唱し始める。それは今まさにVR空間で再現されている、スー族達の神話の風景を読み上げているのだという。

風景を読み上げるという行為も、彼らの見ている世界を理解できない者からすれば意味が通じないだろうが、端的に言えば、このバジに集まった全てのスー族があてがわれた風景の役を演じ続けているのだ。例えば一本の木の役を担う人間がいたとして、その人物は延々と木の描写を続ける。VR空間の中で木が揺れた瞬間に声を上げ、葉の一枚が落ちる度にそれを表現する。あるいは火や水の役から、踏まれる石段の役、流れる雲の役まで。一人ひとりが毎秒ごとに微細な動きを口にする。それが繰り返されることにより、壁画として収まった彼らが、言葉だけで刻々と変わる風景を形作っているのだ。人間の言葉だけで投影される絵画と言えば、我々にも伝わるだろうか。

まさしくこれは、スー族の伝統の中で、外部へ自分達の世界を伝える為の手段として創始された祭礼芸術でもあったのだろう。ただ惜しむらくは、時代を経るにつれ、彼らのVR世界と我々の世界で物質に対する概念が変わってしまったのだろう。それは例えば、あの奇妙な唸り声を響かせている、ビウンと呼ばれる物質を演じる男性が、一体何を表現しているのか解らないといった具合だ。

　しかし、そういった我々には及びもつかない世界観を抜きにしても、彼らの描き出す光景は幻想的だ。

　幾人ものスー族が籐座に身を置きながら、外から入り込む星明かりの中で影となり、声だけで彼らの見ている世界を表現している。木々の揺れを呟く男がいれば、そこに差し込む太陽の光を声で表現する者がいる。女性の声は水の滴り、山を駆け上る山羊の蹄《ひづめ》、その険しさを語る石役の声。祭礼劇がクライマックスに近づくにつれ、彼らの声が無数に重なり合っていく。もはや音楽とも言えず、ただ大きな振動となってバジに響いていく。最後に長老が首を振りながら、風の神が村に訪れたことを語り、ワンバ節の祭礼劇は幕を下ろした。

「私達の世界を語るのは難しい」

　祭礼劇が終わった後、長老が厳かな調子で口を開く。

　劇が終わってしまうと誰も彼も、それまで自分が何を演じていたのかを忘れてしまうという。一種のトランス状態に陥っているのだろう。ただＶＲ空間上で再生される光景を口にし続けるのだ。

「私達はもう何世代も、この世界で暮らしてきた。今となっては、私達が見ている世界が、そのまま貴方達の生きている世界の風景だとは思わない。ただ私が語った風の神だけは特別だ」

スー族の風の神は阿由《アユウ》という名で、姿形を示すものは何もないが、この世界と自分達の世界を橋渡しする神であるという。それはその通りで、ヘッドセットをつけて生きている限り、彼らが私達の世界に接続できる唯一のものは皮膚であり——味覚と嗅覚は、いくらでも擬似信号を送れるVR空間の前では大きな意味を持たない——その肌で感じられる神の息吹とは即ち風そのものだろう。

「私達は火も水も恐れない」

長老はそう言って、自分達の感覚の一端を伝えてくる。

「それは、そのものを知らないからだ。私達は火に触れた時に感じる熱さ自体を火と呼んでいるだけであり、恐らくそれは、貴方達が目で見ているものとは異なるのでしょう。例えば、私は以前、村に来た外の人の前で火に触れました。しかし外から来た彼は、そこに火はなかったと言った。私は確かに火に触れ、皮膚は酷く爛《ただ》れ、血を流したというのに。それでも彼は何もないと言う、傷も何もないと」

そうして長老は右腕を掲げてみせた。痛々しく、その一部を撫でてみせるが、そこには火傷《やけど》の痕など見受けられなかった。

調査を終え、村を出る日になると、端童が集落の端まで見送りに来てくれた。その間も、彼の覚束ない足取りを妻の女性が支えていた。いくら石階段の高さには慣れようとも、転がった石の一個に躓《つまず》くこともある。

このスー族の村で強く感じたのは、VR空間の中でのみ生きる者達と、実質的に現実世界での村を支える介添人の女性達との関係性の強さだった。彼女達の存在があってこそ、この特殊な村は成り立っている。

最後に話を聞いた端童の妻は、スー族と我々の世界を結ぶ上で大事な示唆を与えてくれた。端童の男性がいない時に、彼女が話したのは、大体にして以下のような内容だった。

「夫や村の人間が見ている世界というのは、単なる点と線の集まりです。ただ夫の言う点と線がどういうものかはわかりません。しかし私達が見ている世界のあらゆるものが、全て点と線で表現できると言うのです。そして多くは、世界は黒ではないと言っていますが、それは要は、点と線が見える程度の明るさがある世界ということだと思います。ですが、夫達の感じる明るさというのも、どういったものなのかわかりません。彼らは自身を球であるように表現します。私の目の前で、手を使って丸いものを描いて、それが自分だと言います。確かに最初は理解できませんでした。私は夫が見る世界と自分が見る世界が、決定的に違っていることを恐れました。彼らは山羊の手触りを知っています。その一匹ごとの毛並みまで理解するでしょう。それでも私が直に触れた山羊と、彼らが頭の中で見ている山羊の姿は異なっているはずです。それが最初は怖かった。ですが今は考えが変わりました。私達は民族の違いなしに、全ての人が同じものを見ていると信じ込んでいるだけなのでしょう。私の見る風景は私にしか見えないのなら、彼らが彼らだけの世界を見ていることと何が違うというのでしょうか」

彼女の言葉は観念的なもので、結果として彼らの見ている世界がどういったものなのかは判然としない。しかしここで重要なのは、彼女のような介添人の多くが、配偶者の見ている世界に一定の理解を示しつつ、根本的な理解はできないことを知り、それでも共に生きているという点にあると思えた。

これが単なるヒューマニズムの感傷でない、彼らの生活の何らかの本質であることを願うばかりである。

†

私が配布したスー族の記録を、学生達がVRを通じて共有の体験とする。遠く離れたアメリカの大学で、彼らはこの中国の奥地の文化を知ることができるのだ。

外部者向けに特別に作られた観光ガイドだが、これを見ることで学生達にも実地調査が持つ意味を理解してもらえると思えた。

そうしたら案の定、一人の賢《さか》しい学生が、こちらにメッセージをよこしてきた。

「大変貴重な経験でした。スー族に対する理解も大いに深まったように思います。しかし、疑問に思うのは、実際にスー族という民族が存在しているのかという点です。私は残念ながら、彼らの存在を資料でしか知りませんし、今回見ることができたのも、VR空間上で暮らす民族を訪ねるというVR空間での話でした。これではどこまでが架空の話で、どこまでが真実であるか判断がつきません。重ねて言えば、私は先生ともオンラインセッション上でしかお会いしておりません。そのせいか実在の方かどうかも不安になってきました」

もしも彼らが、自分達だけの世界を映すヘッドセットを外せたのなら、現実を覆う薄いベールを剝いでみせ、これも簡単に説明できただろう。

スー族の人間は、純粋な点と線で構成された、極めて霊的な世界で生きている。頭の中にしか存在しない世界。湧き出てくる情報だけを拾い集め、それを想像することで世界は生まれる。

そしてまた私にとっては、あの学生達も単なる記号の連なりでしかない。私達は与えられた情報を、頭の中で想像した姿で補正している。「海」という文字を見て、海を想像できるのは海を知る者だけだ。しかし私は学生の彼らを知らないのだから、文字でしか彼らを判別できない。

文字だけで作られた世界。想像できる部分だけが存在し、想像できない部分は存在しない。これこそがスー族の人間の見ている世界に近いと言ったら、学生の彼らに理解してもらえるだろうか。

私は自作した籐座に腰掛けながら、文字列だけの世界に夢を見て、見も知らぬ学生達の実存に思いを馳せた。

鏡石異譚《きょうせきいたん》

くるくると糸車が回っている。

糸車を回すほどに繭《まゆ》がほつれ、ちりちりと白い糸が伸びていく。滑らかな糸が指先に触れ、ふと断ち切れてしまうのではないかと不安になる。糸ではなく、自分の指が。

糸車が回っている。やがてそれは巨大なうねりに繋がっていく。蚕《かいこ》が本能に従って吐きだした糸を解《ほど》いて、人間のためのものにしていく。それさえも、人間という生き物が営々と紡ぐ文化の糸に過ぎないのだろう。

二つの糸車が回り、二つの素粒子がその動きに沿って回転する。糸車はいつしかダンピング・リングに変わり、素粒子の密度を濃くしていく。やがて方向が整ったところで、素粒子それぞれが主線形加速器へと入り、亜光速で正面衝突する。電子と陽電子。二つの素粒子がぶつかり、誰も及び知らないものを生み出す。宇宙の始まりから存在していた粒子の発生。それがこの宇宙で何を司《つかさど》っているのか、人間も知らない、蚕も知らない。

神隠し

私が私に出会った最初の日のことを思い出す。

十何年も前、あの事故に遭った日のことだ。その日、私は幼馴染の祐奈《ゆうな》ちゃんに誘われて、裏山に遊びに行った。そこで何か大きな工事をしていたのを覚えている。深い穴を掘っていて、入っちゃいけないと言われていたのに、私はそれにもかかわらず、工事現場の方へと足を延ばして、好奇心から穴を覗いてしまった。どこまでも続く深い穴。その終わりが気になった。

私は不安定な足場をつたって、少しずつ下へ降りてみようとした。やがて外からの光が薄れて消え始めた時、私は不安から上を向いてしまい、思わず足を滑らせてしまっていた。

次に目を開けたのがいつだったかは解らない。かなり下まで落ちてしまったのだろう。周囲が暗かったから、目を開けても閉じていても、何も変わらなかった。必死に手を伸ばして、自分がそこにいることを確かめようとした。足は動くけれど、どこかの骨は折れていたと思うし、不安で仕方なくて、ひたすらに泣き喚《わめ》いていた。

その時、彼女《わたし》が現れた。

大人の女性だった。茶色に染めた髪を短くしていた。その頃の私は長い黒髪が自慢だったから、未来の自分がそんな容姿でいることが信じられなかったが、それでも彼女が私だと、暗闇の中でも、すぐに気づくことができた。

私は私の頭に手をやって、何度も慰めてくれた。不安がらないで、すぐに出られるから。

「あなたは私の過去、小さな粒子の集合体」

単語の一つ一つは解らなかったけれど、言葉の意味だけは自然と理解することができた。彼女は未来から来たのだ、過去の私に会いに来たのだと、それが実感として印象づけられた。

「ここはね、そのうちに大きな建物になるのよ。あなたが足を滑らせたのは、地下百メートルに造られた研究施設に続く竪坑《たてこう》の一つで、本当に運が悪かっただけ。この頃からおっちょこちょいだったものね」

彼女がそう言うと、暗い空間の中にぼんやりと機械らしきものの影が現れた。その瞬間、機械が駆動し、素粒子同士をぶつけるという実験が再現されていた。二つの素粒子が互いに加速され、私の目の前で衝突する。この世界で最小の存在だというのに、それは暗闇の中で太陽が弾《はじ》けるみたいに大きく見えた。

「見えるかな、って、そんなわけないか。ここでは電子と陽電子がぶつかって、いくつもの粒子が新しく生まれていったんだよ。この世界の始まりからある、物とすら言えないような、純粋な力の形」

弾けた太陽が方々に散って、暗闇に星空を作っていく。その一部が流星のように私の体を突き抜けていく。

「そう、それがボンビシオン粒子。別の言い方もあるよ。記憶の粒子、記憶子って呼ばれてもいる」

記憶子。私はその言葉を自然と繰り返していた。

「心配しないでいいよ」

そう言って、彼女は私の頭を何度も撫でてくれた。

「未来にはきっと、色々なことが起こる。後悔するようなことがいくつも。だけどね、あなたはそれを全て受け入れることができる。いつか過去も未来もない時代が来る。それでも進むことはできる。この暗闇みたいに、前も後ろもないかもしれないけれど、それでも自分で歩いていくものだと思うから。あなたも今ここから、歩きだしてごらん」

小さな星々が凝り集まって、私の体を作っていく。いつしか光が消え、私自身が暗闇の中でぷかぷかと浮かんでいるような感覚に襲われていた。不安になって振り返ると、そこにはすでに未来の私の姿はなかった。

暗闇の中で、また一人取り残されてしまった恐怖から、私は必死に叫んでいた。誰か来て、助けて。そんな風に、外に出たいという意思を持った時、ふと誰かの声が聞こえてきた。

意識を集中してみれば、何度も私の名前が呼ばれていた。それが祐奈ちゃんの声だと気づいた時、私はどういうわけか、雑草を掻き分けながら私を探す彼女の前に現れていた。遊びになんて誘わなければ良かった、お父さんにもお母さんにも怒られてしまう。泣きじゃくる祐奈ちゃんは、そんな後悔を滲ませながら、私のことを必死に探していた。

安心して、私はここにいるよ。

そう言ってみたが、祐奈ちゃんは私の声が聞こえなかったのだろうか、一心不乱に野山を駆けずり回っている。何度も何度も、私は彼女の傍に立って声をかける。何度も手を伸ばす。肩に手が触れたはずなのに、それでも彼女は私に気づく様子はない。いつの間にか、山の端《は》に西日がかかり、森が不気味に黒く沈んでいく。いよいよ祐奈ちゃんも覚悟を決めたのか、泣いたままに山を降りていった。

私は自分の居場所が解らなくなる前に、祐奈ちゃんと一緒に裏山から帰ったけれど、それでも彼女が私に気づくことは最後までなかった。悪い冗談か、それとも彼女が必死になり過ぎて気づいていないだけなのか、確かめるのも怖くて、ただ無言で友達の背を追って、暗い街を歩いていった。彼女は自分の家よりも先に私の家へ辿り着き、そこで涙ながらに、私のお母さんに事の次第を告げていた。その時も、背後には私がいたというのに、お母さんは顔を青ざめさせているだけだった。私が何を言っても知らんぷりで、そうしているうちにお父さんが帰ってきて、今度は沢山の大人たちが集まってきた。

事態は私の目の前で面白いように大きくなっていって、警察の人も消防の人も現れ、大人たちが揃いも揃って私がいなくなったはずの裏山を探して回ることになった。

ふと意識をそちらに集中すると、別の光景が目に映った。灯り一つない山の中を走り出そうとするお父さんの姿と、それを押し止めている消防の義博おじさんの姿が見えた。鏡子《きようこ》、鏡子、って、何度もお父さんが私の名前を呼んでいた。お父さんだけじゃなくて、山探しをする他の人たちも名前を呼ぶ。私の知っている人もいれば、知らない人もいた。

家の方が気がかりになって思い出してみれば、次の瞬間には、私のお母さんに縋《すが》りついて泣きじゃくる祐奈ちゃんと、それを宥《なだ》めるお母さんの姿が見えていた。私の横で、祐奈ちゃんのお母さんが困ったように俯《うつむ》いていた。

いくら心配しないで、と言おうとも、私の言葉は誰にも届かなくて、いよいよ途方に暮れてしまった。もしかして本当は、私は穴に落ちた時に死んでしまったのではないか、って、そんな不安が頭をよぎってしまった。そうしたら堪《こら》えていたものが切れてしまって、私も祐奈ちゃんと一緒に泣き喚いていた。お母さんに駆け寄っても反応してくれない。私の泣き声に誰も気づいてくれない。そのことを実感して、よりいっそう悲しくなってしまった。

そうして、いつもなら寝ている時間まで、ずっと泣き通していたら、またしても未来の私が現れた。

「心配しなくても、すぐにあなたは見つかるから」

それだけ伝えると、茶色い髪をした私は優しく微笑んで姿を消した。私は私に気づいてくれる彼女の言うことを信じるしかない。そう心に決めて、誰にも見られることのない二日間を過ごした。お父さんもお母さんも、ずっと心配そうな顔をしていた。

やがて未来の私が言った通り、三日目の朝に、消防の人が家に駆け込んできて、山で私を発見したと伝えてきた。お父さんが驚いて、お母さんが涙を流していた。

私は自分がいるはずの場所を強く思った。直後、視界には裏山から見る街の風景と、茫々《ぼうぼう》に生えた草、そして沢山の人たちに囲まれた私の姿が映っていた。

黒くて長い髪をした私が、顔色を変えた大人たちから次々と言葉を浴びせかけられている。怪我はないか、どこへ行っていたんだ。その答えを私が言おうとした時、目の前にいる私がゆっくりと口を開いた。

「神隠しにあった」

山女

次に目を開けた時には、私は病院のベッドの上にいて、心配そうなお父さんとお母さんの顔を交互に見ていた。どこで何をしていたのか、誰かに誘拐でもされたのか、何度も尋ねられたがきちんと答えられなかったように思う。なんと言われても、行方不明になっていた間、私はずっと心配する両親の傍にいたのだから。私の体がどうやって、あの暗い穴から抜け出して、一人で外まで歩いていったのか説明できるはずがない。

それでも、あれは幻なんかじゃなかった。何故なら、それからも私の前に、未来の私が姿を現してくれたのだから。

次に私と出会ったのは、私が信号待ちをしていた時。ふと隣に立った私を見下ろしていたのを覚えている。彼女は「何をしているの」って聞いてきて、私はそれに「祐奈ちゃんの家に行くとこ」と答えた。「雨が降るから、早く帰った方がいいよ」って、彼女は私に微笑みかけた。その日の会話はそれで終わり。

祐奈ちゃんの家に行った後に何をして遊んだかは覚えていない。多分、その頃に流行《はや》っていた綺麗な文具を見せびらかしたり、好きなアイドルの話をして帰ったように思う。そう、私は帰ったのだ。私に言われた通り、雨が降るといけないと思って早めに帰宅した。案の定、夕方から激しい雨が降ってきたが、私はそれに濡れることもなかったし、それが元で風邪を引くことも、高熱にうかされることもなかった。

私は私の言うことをちゃんと守ったのだ。

家に帰ってきてから、私はどうして雨に濡れずに済んだのか、その喜びをお母さんに話そうと思った。満面の笑みで、私が私に出会ったことを伝えると、お母さんも最初は優しげに、しかし次第に訝《いぶか》しげに、そして最後には不気味なものを見るようにして、私に未来の私のことを尋ねてきた。

私は説明がうまくいかないことと、こちらの言うことを真面目に取り合ってくれないことに腹を立て、その日はむくれたまま過ごした。夕飯に大好きなコロッケが出たけれど、その味も覚えていない。

その日の夜になって、一人でお風呂に入っていると、またしても私が現れて「お母さんと喧嘩したら駄目だよ」と話しかけてきてくれた。髪を洗うのを手伝ってほしいと頼むと、愉快そうに「私は触れられないから」と断ってきたけれど。それでも未来の私は優しい手つきで、洗うふりをしてくれた。

「私の姿はきっとあなた以外には見えないから、私と話してることは、大人の人に話したら駄目だよ」

私はそれに従って、それからは彼女のことを話すのをやめた。特別なことじゃないと信じた。きっと他の人も言わないだけで、未来の自分と話しながら暮らしているのだ。そう納得してみせた。

その次の日も、私は未来の私に出会った。私が公園で遊んでいた時だ。乗り始めた自転車で遊ぼうとしたら、いつの間にかベンチに腰掛けていた彼女が「危ないから今日は遊ばない方がいい」と教えてくれた。その時の私は、私である彼女に反発しようとも思わなかったので、素直に自転車を置いて、数人の友達と他愛ないお喋りを楽しむことにした。

そのおかげで、私は自転車で転ぶこともなかったし、首筋に痣《あざ》を残すこともなかった。首筋の痣がなくなったから、中学生時代に男子から馬鹿にされることもなくなったし、それが元で女子からいじめられることもなくなったはずだ。

これはきっと未来の記憶なのだろう。

私が経験したこともない、未来の私の人生。中学生になった私が経験するはずだった不幸の形を、夢で見た光景のように自然と受け入れていた。

一つの出来事が、未来には様々な形で影響してくる。ドミノ倒しみたいに、些細なつまずきが連鎖して大きな不幸になる。それを防ぐには、最初のドミノが倒れないようにするしかない。きっと、未来の私はそのために、過去の私にアドバイスをくれているのだ。

例えば、彼女の言葉に従ったから、私は小学四年生の春に川に落ちることもなかったし、五年生の時に先生に怒られることもなかった。好きでもない男の子に告白することもなくなったし、おばあちゃんの葬式の日に遊ぶ約束をいれてお父さんと喧嘩することもなかった。私がやがて後悔するような、一つ一つの出来事を、未来の私はそれとなく回避させてくれていたのだ。

私からのアドバイスを私が聞くようになると、今度は私の人生に起こる不幸だけでなくて、他の人の不幸についても、彼女は教えてくれるようになった。

「今日行くところ、きっと家が古くて崩れやすくなってるから、気をつけてね」

仕事に行くお父さんにそう声をかけたのは、未来の私が教えてくれたから。古い民家の屋根に登って補修工事をする予定だった。本当なら足場が崩れて、お父さんは腕の骨を折る怪我をするところだった。入院することに文句を言ったお母さんと喧嘩をするはずだったし、それ以来、夫婦喧嘩をする度に、この時のことを持ち出して怒るはずだった。でも私の一言で、その未来の小さな不幸を取り払うことができた。

「トモちゃんの筆箱を盗んだのは、祐奈ちゃんじゃなくて、ミナちゃんだよ」

学校でもそう。疑いをかけられた友達のために、未来の私が教えてくれたことを伝える。ミナちゃんとは仲が悪くなったけれど、祐奈ちゃんから嫌われる未来は避けられた。

私の未来は未来の私に従うことで良いものに変わっていく。私はそれに気づいてから、彼女からの忠告を守るようになっていった。

「鏡子ちゃんは、勘の良い子だね」

これは隣の家のおばちゃんから言われた言葉だ。おばちゃんはスズメバチに刺されてしまうはずだった。それを私が、蜂の巣の場所を教えてあげた。正確には、未来の私が。

「私はちゃんと言うことを聞いてるだけだよ」

そんな答えには、おばちゃんは首を傾《かし》げるだけだった。

五年生になった頃、未来の私は私に大切なことを伝えてくれた。

ようやく手に入れた自分の部屋で、私が一人で本を読んでいると、いつの間にか彼女がベッドに腰掛けている。私はつい楽しい気分になって、祐奈ちゃんと遊びに行く予定があることを教えてあげた。すると未来の私は顔色を変えて、真剣にこちらを見つめてくる。

「明日、祐奈ちゃんと川の方には行ったら駄目だよ。絶対に駄目だからね」

いつもより強い調子で言われたので、私もしっかりと頷いてみせる。これは絶対に守らなくてはいけないことだと悟った。これこそ、未来の私が一番後悔していることなのだから。この未来の私が教えてくれたおかげで、私は祐奈ちゃんと川に遊びに行くことはなくなり、彼女が川で溺れて死んでしまうこともなくなった。私は幼馴染と死に別れるという未来を回避できるのだ。

「安心して。絶対に遊びに行かない」

それを聞き遂げると、彼女も満足したように微笑んで姿を消す。

彼女の教えは、お母さんの言うことよりも正しいと思っている。なんといっても、未来の私が、変えたいと思った過去を私に教えてくれているのだから。彼女の言うことに従ってさえいれば、私の人生は順風満帆だ。

中学生になると、私は未来の私との付き合い方にも慣れてきた。私と会えた日には、ずっとお喋りするようになっていった。いつも簡単な忠告しかくれなかった彼女も、いつしか自分のことについて話してくれるようになったし、私も率先して自分の最近の悩みを打ち明けるようになった。

「それ、ほんとに好きだよね」

部屋で漫画を読む私に語りかける彼女。私は、それに対して親しげに微笑んだ。

未来の私は、私の一番の友達だった。

いつの間にか、祐奈ちゃんとも疎遠になってしまった。親友の不幸を救ったという満足感が友情よりも勝ってしまったのだろう、祐奈ちゃんと私の関係は、あの時に一つの終わりを迎えていたのかもしれない。

私は未来の私との関係だけを大事にしていたのだろう。思えば、この頃から、お母さんと喧嘩をすることが増え始めた。いくら私の忠告を聞いてみても、どうにもならないようなすれ違いが起きる。好きな服を着させてくれない。ゲームを自由にさせてくれない。一人で遊びに行くことも許してくれない。どうしても、そんな小さな喧嘩を積み重ねてしまうけれど、いつも最後は私が引いてみせる。だって、未来の私が教えてくれなかったことなら、これはきっと後悔するほどの喧嘩じゃないのだ。ちょっと怒って、お互いにストレスを溜めたり発散したりしておしまい。その程度のものだって気づけたから、私は余裕の表情でお母さんと接することができる。

だけれど、そんな態度がいけなかったのだろうか。

その日も、私は未来の私と部屋の中で会話を楽しんでいた。ただ話すことに夢中になっていて、お母さんが何度も私を呼んでいることに気づかなかった。それが元で、またも喧嘩が起こり、彼女との話を中断させられたことへの不満も合わせて、つい今までにないくらいの言い争いに発展してしまった。

「せっかく話してたのに！」

そう怒鳴ってしまったのが良くなかった。

お母さんはいつか私に投げつけたのと同じ、不気味なものを見るような視線でこちらを見てきた。

「それは誰のことを言っているの？」

「お母さんには見えない人だよ。放っといて」

もしかしたら何年間も、お母さんは私の態度に疑問を抱いていたのかもしれない。私がいつも、誰かからの言葉に従っているように振る舞っていたから。一人でいる時には、誰かと話しているような素振りをみせていたから。そして、私の言うことは何よりも正しかったのだから。

次の日、私はお父さんの運転する車に乗せられて、県北に住んでいる親戚のおじさんの家に連れて行かれた。会ったこともない人で、植木屋さんをしている一方で、近所の人の悩み相談をしているのだと教えられた。私は漠然と、それがいわゆるカウンセラーかと思っていたが、おじさんの家に入った時にそれが間違いだと気づいた。

通された大きな座敷には、お盆の時に見るような祭壇があったし、部屋中にお線香の匂いが漂っていた。神妙に俯くお父さんの前に、おじさんが座る。ポロシャツにジーパン姿、一つだけ異様だったのは、肩から刺繍《ししゅう》の入った細い布をかけていること。

おじさんは禿頭で気の良さそうな人だったけれど、私を見る時だけ、目を細めて不思議そうに見つめてきた。

「鏡子ちゃん」

突然、思ったよりも低い声で私の名前を呼ばれ、思わず頭を下げていた。

「色んなことがわかるんだってね。それは誰かが教えてくれるのかい」

有無を言わせない強い調子で、おじさんは私に尋ねてくる。お母さん相手だったら、いくらでも誤魔化《ごまか》せるけれど、私は怖くなってしまって、つい本当のことを言ってしまう。つまり、未来の私が現れて、私にアドバイスをくれている、ってことを。

私が話し終えるまで、おじさんはウンウンと興味深そうに頷いてくれていたけれど、お父さんとお母さんの方は、私が喋る度に困ったような、悲しんでいるような、複雑な表情でこちらを見てきた。

一通り話し終えたところで、おじさんが私に御礼を言って、今度はお父さんの方へ向き直った。

「昔、ある娘が河原で石を拾っていると大男と出会った。大男は娘に木の葉なんぞあげたが、その日以来、娘は占いをよくするようになった。その大男は山の神で、娘は山の神に魅入られて力を得た」

おじさんがとつとつと話すと、お父さんは息をつまらせて唸っていた。

「柳田國男《やなぎたくにお》の『遠野物語』にこんな話があっども、お前《め》ほの娘も、この話と同じごっだ。山の神、女だすけ、山女か山姫か。そんなものに憑《つ》かれた」

おじさんが強く私の方を睨んできた。

私は何か、とてもいやなことを言われている気がしたけれど、それでも気に留めることもなかった。だって、このことは未来の私が助言してくれなかったのだから。きっとこれも、後悔するような出来事ではないんだって、そう信じていた。

でも、その日から、私の前に私が姿を現すことはなくなった。

迷い家

高校生になった頃、私は自分の長い髪を短くした。

理由は単純で、何かのタイミングで見た、山女という妖怪の姿に自分が似ていることに気づいてしまったから。山女は長い黒髪をしていて、とても背が高いらしい。私も可愛くは見られないくらいに背は高かったから。

とはいえ、そんなものは些細な悩みに過ぎない。地元の高校に通いはじめると、それまで見てきた世界よりも幾分か広い視野を手に入れられたように思う。例えばそう、地元でお祭り騒ぎになっている国際リニアコライダーについてのこととか。

小学校の時も、中学校の時も、色んな人が訪れては講演会を開いていたし、授業でも何度も取り上げられていた。この何もない、山だらけの街が、世界的な学術都市に変わっていくのだ、って、何回も繰り返し伝えられてきた。

私はといえば、全くの文系人間だったし、いくら説明されても国際リニアコライダーというものがなんの役に立つのか理解できなかった。素粒子物理学なんて門外漢もいいところ。ヒッグス粒子っていう言葉くらいは覚えたけれども。

あとはただ漠然と、通学で乗り降りしている一ノ関の駅前が発展していくのを眺めていた。いつの間にか、外国の人の姿を多く見かけるようになったし、私の住んでいるところにも人が増えてきた。地元の和菓子屋さんが思いつきで作った素粒子団子も、今では人気のお土産。あとはそう、猊鼻渓《げいびけい》なんて小学校の遠足でもなければ特に行くこともなかったのに、県外から来た同級生から感想を尋ねられるくらい有名になってしまった。

とにもかくにも、地元は歓迎ムード一色。自分たちの街から、世界を変えるような何かが起こることを期待している。もっと言えば、宇宙の秘密だって解き明かせるのかもしれない、って。

さすがに、なんでもかんでも反発するほど子供ではないから、少しくらい騒がしくなるのは構わないし、色んなお店ができて便利になっていくのは素直に嬉しい。

嬉しいついでで言えば、高校一年生の五月に、校外学習で国際リニアコライダーへ見学に行ったことも個人的には良い思い出になっている。なんといっても、話すきっかけの無かった同級生たちと、この日を境に仲良くなれたのだから。ただ、その理由はいくらか恥ずかしい。

「それじゃあ、佐々木さんって子供の頃、ここに落ちて行方不明になってたの？」

「この上の山から続く穴に落ちて」

「よく生きてたねぇ」

などと言ってのける。そうして長いトンネルを歩きながら、同級生たちがひとしきり笑ってみせた。先導する職員さんの話にも耳を貸さず、私の恥ずかしい過去で盛り上がっている。

　自分たちが今いる施設が、何をしようとしているのか、何ができるのか、そんなことには興味がないらしい。それもそのはず、私たちは子供の頃から聞かされてきたわけだから、この国際リニアコライダーもすでに日常の風景になっているのだ。

　だから研究所の人の説明も聞き流していたし、次に現れた偉い学者さんの話も耳に入ってこなかった。実際に素粒子を衝突させる様子を3D映像で見せられた時も「こんなものか」と思った。ただ実際に見た、巨大な機械の姿だけは、少しだけ心躍ったのは確かだけれど。

「君たちが今見てきた、黄色い大きな筒がクライオモジュールで、その中を電子と陽電子が超高速で移動し、中心の粒子測定器のあるところで衝突する。素粒子を強くぶつけることで、今まで誰も見たことのないものが観測できるかもしれない」

　地上に戻ってから、施設の一室で学者先生が話している。五十歳くらいだろうか。細い首の上に禿げ上がった丸い顔が乗っている。マッチ棒のような男性。加えて丸い眼鏡に、スーツの胸のところには丸いピンズ。何もかも丸尽くしな人だった。

「それじゃあ電子と陽電子を衝突させることで観測できるもの、君たちは知っているかな」

その先生さんが私たちに問いかける。すでに知っていることだし、手をあげてまで言うものではない、と誰もが感じたのだろう。同級生たちは大人しく席に座っているだけ。先生さんの方も、こうした風景は慣れたものなのか、一つ頷いて説明を続ける。

「ヒッグス粒子はもう有名だね。それ以外にも超対称性粒子という、今はまだ発見されていないものが見つかるかもしれない。でも一番期待されているのは、いわゆる暗黒物質の正体がわかるかどうか、ってことなんだ」

マッチ棒な先生さんは、とにかく楽しそうに、プロジェクターを使いこなしつつ私たちに物理の話をしようとしている。

「この宇宙の約四分の一が暗黒物質と言われていて、それは今の我々の技術では見ることができないといわれているんだ。でもそれが、この国際リニアコライダーによって観測できるようになるかもしれない」

いよいよ熱を帯びてくる先生さんの説明だが、私も他の同級生と同じく、ただ席に座ってプロジェクターの電子の動きを見つめるだけだった。続く話にも興味が湧かず、手元の資料に描かれた謎のキャラクターに思いを馳せているだけ。

「もしかしたら」

ふと先生さんが声を大きくした。それは興味なさげな高校生たちを振り向かせたかったのかもしれないし、単純に自分が一番言いたかったことを言う段に来たからなのかもしれない。ただ、次の一言には思わず顔をあげたのは確かだ。

「時間の謎も解けるかもね。過去や未来に行けるタイムトラベルの技術もできるかもしれない」

さすがにその言葉は耳目を集めたようで、私以外にも数人の生徒が興味深そうにしている。

「言い過ぎてしまったかな。一応は、君たちの想像しているようなタイムトラベルとは違うとだけ補足をしておくよ。少なくとも僕らの肉体は、この世界から離れられないだろう」

はにかむ先生さんに対して、私は思わず「あの」と声をかけていた。同級生の中で目立つことは避けたかったが、それでも気になることがあったから。

「質問です。それって、体は時間を超えられないということですか。でもそれとは別に、未来の自分から今の自分に何か、例えば言葉を伝えられたりするんですか？」

私からの質問に、先生さんは目を丸くして上を見たり、左右を確かめたり、言葉を必死に選んでいるようだった。やる気のない高校生を相手にするのは慣れていても、逆に踏み込んだことを聞かれるのには慣れていないのだろうか。

「あくまで僕の考えだけど」

　そう前置きしてから、先生さんは再び笑顔になって言葉を続ける。

「僕は時間が常に前に進むということに疑問を持っているんだ。電子と陽電子のように、全ての素粒子には対になるものが存在している。だったら時間も同じように、一秒前に進むごとに一秒前に戻るものがあってもいいんじゃないかと考えている。肉体はもちろん未来にしか進めないわけだけれど、意思とか言葉、もしかしたら情報単位でなら、過去に送れるかもしれない。それが可能になるかどうかは、それこそ、この施設で研究してようやく確かめられることだけどね」

　最後に先生さんは「君らが大人になる頃には、もしかしたらね」と、こればかりは用意してきたのであろう台詞を言って去っていった。全ては未来のことだけど、この街でそれが達成できるのかもしれない、そんな希望を添えての言葉だった。

　その日の校外学習はそれでおしまい。感想文の提出を求められたせいで、ろくすっぽ話を聞いてなかった同級生たちとで駅前のファミレスで集まり、一所懸命に意見を出しあうことになった。私はといえば、唯一質問をした英雄として祭り上げられてしまい、同級生たちにできもしないアドバイスをする立場になってしまった。

　私は当然の疑問を聞いてみただけだったのに。

もしも今、私の目の前に未来の私が現れたとしたら、一体何を教えてくれるだろうか。幸いなことに、高校に入ってからまだ後悔するような選択をした覚えはない。それに今のところ、何か心配するようなこともない。あの先生さんの言うことを信じるならば、やがて未来には過去に情報を送れる技術が生まれるのだろう。それならば、私が本当に何か後悔をするような選択をしそうな時には、遥か未来の私が現れて忠告を与えてくれるはずだ。

この日以来、私は考えが変わったのだと思う。国際リニアコライダーといわれても、ありふれた風景として興味を持てなかった。それが今では地元をどこか誇らしいものに思えるようになった。駅前のお土産物屋さんに進出していた素粒子団子を、それとなく買って帰ってみたり。

それから数日して、私はあの先生さんと再会することになった。

「猊鼻渓へは、どうやって行けばいいのですか？」

お昼ご飯の準備で近くのスーパーに買い物にいった帰り、見覚えのあるマッチ棒がフラフラと街を歩いていたのを見かけた。あの先生さんかどうか確かめようと近くに寄ったら、地元の人間だと理解されたのだろう、そんなことを尋ねられた。

「舟乗り場はあっちですけど、それより、こないだ国際リニアコライダーで話をしてた先生ですよね？」

そこで私が、あの質問をしてきた女子高生とようやく気づいたのか、先生さんは「ああ」と一声あげて大きく頷いてきた。

「覚えてる。君、未来の自分に会えるかって聞いてきた人だ」

「そこまで言ってないです」

私は笑って返す。

「何はともあれ助かった。実は僕は東京から来ててね、ずっと研究所の方に籠もっていたから、地域の名勝を見る機会にも恵まれなかったんだ」

私は、そう言って笑う先生さんに興味が湧いた。

本当なら道だけ教えて別れても良かった。だけれどその時の私は、少し気が大きくなっていたのだ。私に知識を与えてくれた先生さんに対して、少しの恩返しと、誇りになりつつあった地元の風景を紹介しようという使命感のもと、私も一緒に猊鼻渓を下る舟に乗り込んでいた。

「この猊鼻渓は、昔から秘境とされていて、明治になるまで地誌にも登場してこなかったんですよ」

私はスーパーの買い物袋を横に置きつつ——今日のお昼は私だけだったから、空腹に耐える以外には問題もない——興味深そうに周囲を眺める先生さんに説明を加えていた。

「これだけの風景が、江戸時代の文人墨客《ぶんじんぼっかく》にも知られてこなかったとすると、まさしく本当の秘境だね」

ゆらゆらと揺れる舟。砂鉄《さてつ》川の澄んだ流れ。左右にそびえる数十メートルの岸壁。太陽の光を透かしつつ緑の葉が風になびき、船頭の人が朗々と唄う「げいび追分」の響きが渓流にこだまする。

「こういう川の向こうに、我々も知らない隠れ里があるって、昔の人は想像したわけだ」

「それって、迷い家《が》のことですか？」

私はそれとなく、自分の知識にあるものを引き合いに出して話してみる。中学生の頃に読んだきりの『遠野物語』にある話。私は川に手を浸しながら、記憶にあるかぎりの話の筋を追う。

「確か、山奥で迷った娘が立派な屋敷に辿り着いて、誰もいないことを不気味に思って逃げ帰ると、今度は川で洗濯をしている時に、山の屋敷で見た綺麗なお椀が流れてきたっていう」

「そうだね。その話によれば、そのお椀で米を計ると米が減らなかった。そのために長者になったという伝説だ。これは椀貸し伝説といって、日本の各地に残っている伝説の形の一つさ」

「先生は物理学の学者さんなのに、日本の伝説に詳しいんですね」

「こっちは趣味だよ」

そう言って、先生さんは顔をほころばせて笑う。

「山奥の屋敷というのは、つまり我々の知らない世界のことだ。そこに迷い込んだ人間は、その家にあるものを持って帰っていいという言い伝えがある。それによって豊かになることを許される」

太陽に反射する水面の波紋が、石灰岩の崖に映し出されていた。

「これは僕の研究する分野と同じだ。宇宙という、僕たちの知らない世界を訪ね、そこから少しだけのもの、観測結果とかだけど、そういったものを持ち帰る。それによって、人類はもっと豊かになる」

「それって、国際リニアコライダーのことですか？」

「ああ、あれも僕にとっては迷い家だ。電子の川を伝って綺麗なお椀が流れてくる。それをどう使うか次第だけれど」

舟はやがて岸辺に辿り着き、そこで同船した人々が思い思いに休んでいる。うん玉と呼ばれる小さな玉を手に取って、川向こうの崖にある穴に投げ入れるという願掛けが行われるのもここだ。もちろん上手く入れれば願いが叶うといった具合だ。

「この小さな玉でさえ、電子と陽電子に比べたら太陽くらいに大きいわけだし、あの穴に投げ入れるのなんて、素粒子同士を衝突させることに比べたら実に簡単だ」

そう言って、先生さんは景気良く五個のうん玉を投げて、見事に全部失敗してくれた。

「自分の体を上手く動かす方が、素粒子を動かすよりもよっぽど難しい」

先生さんは口を開けて大きく笑った。私は手にした玉を一つ確かめる。そこには絆という文字が彫り込まれていた。他にも愛とか縁とか、願掛けに相応《ふさわ》しい文字が刻まれた玉があったが、そういったものを選ぶのが気恥ずかしく、消去法でこれを選んでいた。

「さっきの話の続きだけれど」

私が投球フォームに入ろうというところで、先生さんがおもむろに話しかけてきた。

「椀貸し伝説は、お椀を持ち帰る人間が正直者でないといけない。嘘をついた人間には、二度とお椀を与えてくれなくなるという伝説もあるんだ」

「それって――」

「つまり、僕ら研究者も正直でいないといけない、ということだ」

先生さんの語りぶりに気がそれて、投げる瞬間にそちらを向いてしまった。それでも玉はすでに放物線を描いていて、川を悠々と越えていく。かつん、と音がしたが、自分の投げた玉がどこに行ったのかは解らなかった。

「先生、私の玉、ちゃんと入りました？」

「いや、ごめん。見てなかったよ」

思い切り顔をしかめる私に、先生さんは丸い顔を左右に振ってみせた。爽やかな風の中で、木々のさざめきの中で、先生さんが快活そうに笑う。

その光景だけが、とても印象に残っている。

この小さな出会いから一年後、私が進路選択で理系を選択しようとした頃、国際リニアコライダーで最初の衝突実験が行われた。

座敷わらし

私は仙台の大学に通うようになって、髪を明るい茶色に染めた。

大学生活は至って順調で、友達も多くできたし、学業の方も課題に追われて寝る暇もない以外には問題ない。

宇宙物理学を専攻することになり——もちろん、その影響元は解りきっている——ことあるごとに、あの先生さんの名前を見かけるようになった。彼の方は、未だに私の地元で研究生活に勤《いそ》しんでいるのだろう。先生さん自身が、こちらに来ることはなかったが、それでも地理的に近いということで、学部生の多くが国際リニアコライダーでの研究の動静を見守っているような状況だ。実際に数人の留学生などは、親が国際リニアコライダーの研究者であるといった感じでもある。

私はといえば「近いのだから実家から通えばいい」という両親の反対を押し切って、仙台の方で一人暮らしを始めている。苦学生を気取るでもなく、至って平凡に、のほほんと日々を過ごしている。ただやはり、大学の友人らと同様に国際リニアコライダー関連のニュースには必ず目を通している。私が暮らしてきた街の真下で、今まさしく電子と陽電子がぶつかり合っているわけだ。気にならないはずもない。ただし、それを殊更《ことさら》に友人に言うつもりもない。私は何も特別な人間ではなく、たまたま先祖代々――というほど長いかどうかは知らないけれど――暮らしてきた土地が、世界的な研究施設の場になっているだけに過ぎない。

そう、世界的な研究施設というのは間違っていないだろう。

一年前の実験で、未知の粒子が観測されたというのが大きなニュースになった。私は受験勉強の真っ只中で、詳細を調べる余裕もなかったのだが、とにかく初めての目に見えた成果ということで大いに持て囃《はや》されたのは覚えている。

ただ未知の粒子の観測といっても、それがいきなり標準理論を超えた粒子とされるわけでもなく、この一年間、新粒子の実在を巡って、欧米と日本の合同研究チームが実験を繰り返しているらしい。そのチームの日本側の代表が、あの先生さんなので、私はニュースを聞く度に背中がむず痒《がゆ》くなって、小恥《こは》ずかしいような、誇らしいような、不思議な感覚に陥る。いつかノーベル賞でも取った時には、猊鼻渓での思い出話でもしてくれないだろうか、とか、そんなことを思ってみたり。

「たまには帰ってきて、自分の部屋の掃除でもしなさい」

ゴールデンウィーク前に、電話越しにお母さんがそんなことを言ってきた。そうして数ヶ月ぶりに帰ってみれば、特に変わっていることもなく、ほんの少し豪華な夕食にありつくことができた。そしてなんといっても、実家のお風呂にゆっくり浸かるというのは、しばらく忘れていた安らぎがあった。

私が自分の記憶の染みついたリビングでのんびりとしていると、背後をパタパタと駆ける足音があるのに気づいた。

お母さんかと思えば、その方向に姿はなく、お父さんは早々に寝室に籠もってしまっている。空耳かと思って、再びテレビの方に意識を集中させると、またしても背後で足音と人の気配を感じた。

「お母さん、何かペットでも飼い始めた？」

キッチンの方に引っ込んでいるお母さんに声をかけるが、返ってくるのは小馬鹿にするような返事だけ。

私が不思議に思っていると、今度は笑い声が聞こえた。さすがに不気味に思い、日々の疲れからくる幻聴だと割り切ってみせてから、早めに寝てしまおうと懐かしい自室へと足を向ける。

しかし、そこで私は彼女《わたし》に出会った。

私の部屋の隅で、黒くて長い髪の少女が、膝を抱えた姿勢で漫画を読んでいる。私が好きだった少女漫画の表紙。誰か親戚の子でも来ていたのかと思って、少しだけ焦ってしまったが、次の瞬間には、それがあり得ないことだと悟った。

彼女は、間違いなく私だった。

記憶が呼び起こされる。

私が漫画を読んでいたら、あの日、彼女が現れた。

「それ、ほんとに好きだよね」

あの時、彼女が言った言葉を、私が繰り返していた。

私の言葉を受けて、黒い髪をした私が顔を上げ、こちらを見て微笑んだ。彼女は私をすでに知っているようだった。いつものお喋りの延長線上みたいに、口を開いてくる。

「面白いから好き。真壁《まかべ》くんカッコイイし」

かつて私が言った言葉を、目の前の彼女が繰り返す。ちなみに好みのキャラクターは今も昔も変わらないようだ。

私は自分の髪に手をやる。茶色で短髪。あの日の私は、未来の私がこんな風になるとは思っていなかったけれど、今にして思えば、なんとはなしに続けた選択の結果だった。

「そっちの生活はどう？」

過去の私が、今の私に尋ねてくる。

「ぼちぼちだよ。楽しいっちゃ楽しい。就職は今から不安だけどね」

それを聞いて、過去の私は興味深そうに私の日々のことを聞きたがった。私も話せるだけのことを話した。思いつくままに会話したつもりだったが、気づいてみれば、昔の私がかつて聞いた内容をなぞっているだけだった。

「未来はね、今のあなたが思っている以上に、もっと不思議なことが起こるよ」

私がなぜこんなことを言ったのか、きっと過去の私にはわからないだろう。私は今、自分の記憶が、過去と現在が確かに重なったのを理解した。その奇妙な感覚が心地よかったのだ。私は今の光景を、思い出の中に持っている。

そこで私は一度目を閉じる。そして次に目を開いた時には、過去の私は姿を消していた。全くの幻だったのか、それとも、それ以上に何か理由があってのことなのか、私は考えを巡らしつつ、慣れ親しんだ自分のベッドに体を横たえる。

――意思とか言葉、もしかしたら情報単位でなら、過去に送れるかもしれない。

数年前に、あの先生さんが私に答えてくれた言葉を思い出していた。かつての私は、未来の自分と話すことを疑問にも思わず、当然のものとして受け取っていた。でも今の私は、もっと冷静に考えることができる。

これは単なる幻覚などではなく、何か理由のある現象なのだろう。私の言葉は過去へと届いたのだ。

それはタイムトラベルと呼ぶには、実に消極的な方法で、情けないくらい受動的なものだ。積極的に過去に干渉するようなものではない。私がこうして普段生きている中で、なんらかの働きで過去の私と重なる瞬間があり、その時に話せるかぎりのことを話していたに過ぎない。私が後悔するはずだった過去を回避できるように、昔の私にできるかぎりのアドバイスを送る。いつか私が受け取った言葉は、これから私が一つずつ彼女に送るものなのだ。

そこまで考えたところで、眠気が襲ってきて、それとともに思考も取り留めのないものへと変わっていく。つまり、過去の私は未来の私によって人生が変わって、その変わった人生を歩んでいるのが今の私。それなら、変わる前の人生を歩んでいた私はどの私なのだろう。並行宇宙？　改変された世界？　そもそも、昔の私はどうして今の私の目の前に現れるのだろう。

その次の日も、私は過去の私と遭遇した。

信号待ちをしている私を発見し、私は彼女の横について、自然と言葉を発していた。

「何をしているの」

「祐奈ちゃんの家に行くとこ」

それを聞いた瞬間、私が次に何を言われたのか思い出していた。この後に雨が降ること。だから早く帰った方がいいこと。あの日、私は早く帰らなかったせいで雨に濡れ、風邪をひいて高熱にうかされた。そのことが経験として私の記憶の一部に存在する。そんな苦い経験を、昔の私には回避してもらいたかった。

そこでふと、私は未来の私の忠告を受け入れた自分の記憶と、未来の自分に会うこともなく、実際に熱を出した記憶とが混在していることに気づいた。

どちらが、私の本当の経験なのかは解らない。

私は未来の私に会った私なのか、それとも出会うことなく、数多くの不幸を経験し、それを元に忠告を与えようとする私なのか、解らなくなってしまった。もしかしたら、今の私ではない私が並行世界に同時に存在していて、その世界だけで起きた経験を元にアドバイスを送ることもあるのかもしれない。

私はそれからも、街を歩いている時に過去の私を見かけることになった。年齢も容姿もバラバラにもかかわらず、どれも昔の自分だと直感的に理解できた。話しかけている姿は、周囲の人からは奇異に見られただろう。当然のようにも思うが、過去の私の姿を見ることができるのは私だけで、外から見れば、何もない空間に熱心に話しかけているだけに見える。

だけれど今の私は、あの頃よりも分別がある。

あの時、私が未来の私に出会って話していたことを言いふらしたせいで、嫌な思いをした記憶がある。ここでも、その経験を繰り返すつもりはない。私は人がいない瞬間を狙い、あるいは電話をしているふりをしながら話しかける。

「私と話してることは、大人の人に話したら駄目だよ」

お風呂場で彼女の長い髪を撫でるふりをしながら、私は確かにそう言った。私は伝えていたはずだった。私と話していることで、やがて嫌な思いをすることを知っていたから、この時にすでに忠告はしていたのだ。だけれど、この時の私は幼すぎて理解しきれなかったのだ。

「私に会って話したっていうことは、きっと他の人には理解されないと思うよ」

ある日、自室でベッドに腰掛けていると、勉強机に座る中学生時代の私と出会った。だから私は、そういったことを伝えたが、彼女は私からの忠告などお構いなしに会話を始めてしまった。しかし途端に、彼女は不機嫌そうな表情を浮かべると、立ち上がって部屋を出ていってしまう。

私はこの光景を知っている。部屋の中で未来の私と話しているのを見咎められ、お母さんに文句を言ってしまった日だ。それをきっかけに、私は何かに取り憑かれていると思われて、拝み屋をしている親戚のもとへ送られた。

それは嫌な思い出だったし、できるならば回避させてあげたかった。私はそうやって何度も、人生において後悔している不幸な出来事を避けられるように言葉を伝えた。そしてそれは同時に、記憶の中にある言葉をなぞっているだけ。

そうしたことを何度も繰り返すうちに、私はどうして自分が、この奇妙な経験をしているのか気になり始めた。昔の私は、それこそ未来の私を守り神のように扱っていた。だが今となっては、私はなぜ、あの黒くて長い髪をした少女――過去の私に、声をかけているのか解らなくなってしまった。

「あなたはどうして、私の目の前に現れるの？」

この平凡な人生の中で、ありふれた街で、どこにでもある家の一室で、なぜ特殊な状況が発生しているのだろう。

もし、それに答えをくれる人がいるとしたら——


「それは、もしかしたら君自身の記憶そのものなのかもしれないね」

研究所の一室で、先生さんは私にそう告げた。

ゴールデンウィークも終盤、明後日には仙台に戻るという日のことだった。あらゆる伝《つ》手《て》を頼って——大学の教授やら、地元で働いている知り合いやらだが——先生さんに会いたい旨を伝えると、彼の方から喜んで出迎えてもらえることになった。あの猊鼻渓での日以来、これといって交流はなかったが、高校の頃の担任経由で、先生さんの方も私が宇宙物理学に進んだことは知っていたらしい。

「いわゆる残留思念というやつだけど、場に残された記憶を見ているのかもしれない。なんといっても、この土地はＩＬＣが稼働している現場なんだ。君の不思議な経験も、この実験と何か関係があるのかもしれない」

私が自分の身に起こった出来事を伝えると、先生さんは何度も頷いてくれた。仕事の合間に小さな時間を作ってくれて、コーヒーを飲みながら、楽しそうに私の話を聞いてくれている。

「先生が、そんな胡乱《うろん》なことを言うとは思ってませんでした」

「胡乱かな」

「過去にあった出来事が、同じ場所でなんらかの要因で再現されるのだとしても、絶えず地球は動いているのだから、今現在の同じ土地で起こるとは思いません」

私がそう言うと、先生さんは目を丸くさせ、やがて優しい笑みを作った。

「君は頭がいいね。いつかはウチの研究所に来るといい。きっと色んな発見がある」

体《てい》よくはぐらかされた気がしたので、私は口を尖らせてみせる。

「ごめんごめん。言い方が悪かった。もちろん、過去の一場面が全く同じ場所で再現されることはないだろう。全てが粒子の動きだとしたら尚更だ。だけど僕が言いたいのも、まさにそこで、全てが粒子の動きだからこそあり得るということだよ」

どういう意味か問えば、先生さんは自分の丸い頭を指差しながら、愉快そうに笑いつつ言葉を続けた。

「僕が今考えているのは、人間の記憶自体も、粒子によって作られているものかもしれないという理論なんだ」

「突拍子がなさすぎてついていけません」

「いやいや、難しい話じゃない。理論としてはいくらか前のものでね、見過ごされてきたようなものなんだが、量子脳理論というのがある」

「ロジャー・ペンローズ」

「よく知っているね。勉強熱心だ。そう、そのペンローズが大いに語ったのが量子脳理論だ。人間の意識は脳細胞の中の、微小管と呼ばれる小さな器官が素粒子を捉えることで存在するとしている。そして素粒子に付随する未知の要素は量子的な振る舞いをしていて、それを常に観測することで意思のようなものが生まれるという」

私は先生さんの説明を聞いて、呆気にとられたというか、毒気を抜かれたというか、とにかく言葉を返す気力を失ってしまった。量子脳理論については詳しくないが、それほど執心するようなものではないと思っている。宇宙物理学を学ぶ中で、私は頭のどこかに冷静で理性的な動物を飼い始めていたのだろう。先生さんの言うことが信じきれなくなっていた。三年前の私なら、もしかしたら楽しげに頷いていたのかもしれないけれど。

「その顔はあれだね、幻滅させてしまったかな。でも僕は検討しがいのある理論だと思っているよ。つまり、君が見た記憶、残留思念というのは場ではなく、君の頭の中に残っていたものだ。それなら場所の制約はなくなるはずだ」

「でも先生、私が出会ったのが私の記憶だとしても、あれは外側から見た光景でした。それって変じゃないですか？」

「視覚を重視するなら変だろう。でも、脳は視覚だけで意識を作っているわけじゃない。君は他人から見られる自分の姿を想像したことがあるかな。思い浮かべようとすれば、今だって僕と話している自分の姿を想像できるはずさ。それが視覚を超えたイメージだよ。君が見た過去の自分は、寸分違《たが》わずに過去の君と同じ姿をしていただろうか。もしかしたら、君自身が想像した、過去の自分という姿を再生しているだけなんじゃないだろうか」

私は反論の余地を奪われて、いよいよ腹立たしく思い始めていた。過去の自分に出会ったことが、そして、過去の私が未来の自分に出会っていたことが、一体どういう現象なのか、もっと合理的な答えが欲しかった。それだというのに返ってくる言葉といえば、要領を得ない説明ばかり。

私はここで、出されたコーヒーを飲み干す。

「おや、もう帰るのかい？　これから面白くなるのに」

それとなく荷物をまとめる様子を見せつけたのが功を奏したのか、先生さんの方から声をかけてきてくれる。それを好機と、私が準備した通りの台詞を言おうとしたところで、先生さんは思いがけない一言を発した。

「結論を先取りすると、人の記憶を司る素粒子が発見されたんだよ」

オシラサマ

先生さんが見せてくれたのは、奇妙なデータの群れだった。

「電子と陽電子を衝突させると、今まで観測できなかった多くのものが見えるようになったんだ。ヒッグス粒子の観測も安定して行えるようになった」

ホワイトボード上に投影されていたのは、電子と陽電子が衝突する瞬間の再現映像。亜光速で衝突した二つの粒子が消え、次の瞬間には四方八方に線が散っていく。この軌跡の一つ一つに、今まで観測することもできなかった微《かす》かな力が宿っているという。

「粒子測定器は正確に記録しているんだ。衝突によって弾けた粒子の軌跡を、それぞれ逃さずに捉えている。無数に散った粒子をカメラで撮るみたいに、きちんと観測している。だけれど、実験を繰り返すうちにどうしても計算が合わない状況が生まれた」

新たに表示された観測記録には、測定器によって捉えられた粒子の軌跡が、いくつもの数値によって示されている。しかし奇妙なことに、その数値の一つにマイナスの記号がついている。

「これは、どうしてマイナスなんですか？」

「観測したらしい、ということしか解らないからだよ」

私が疑問符をつけるより先に、先生さんは新たに作られたのであろう、不思議な粒子の3Dモデルを投影し始めた。

「これが未知の新粒子。一年前にニュースにもなったから知ってるとは思うけれど、その時から詳細は報道されなかっただろう。理由は簡単で、その後、いくら実験を重ねても発生した瞬間を確認できなかったからさ。ただ数値としてだけは現れている。これは機械が悪いんじゃなくて、僕ら人間の意識に限界があるせいだと思う」

「どういうことですか？」

「つまり、この新粒子は発生した瞬間に時間を遡《さかのぼ》っている」

「それって反粒子ってことですか？　時間軸が過去に向かっているっていう意味でなら」

「そうとも言えるけど、ここが難しいとこでね。その新粒子は負の質量を持っているらしいんだ。ただの反粒子なら、質量としては正だから、ここが違っているんだよ」

それって、と言おうとしたところで、あまりのことに気が遠くなった。目の前の先生さんは平然と言ってのけるが、負の質量を持った粒子の発見など、十分にノーベル賞ものの偉業ではないか。私はにわかに興奮し、その話をもっと聞こうと身を乗り出したところで、先生さんは両手を大きく上にあげた。

「いや、そう驚かないでくれ。全てデータとしてはあるというだけで、実在を証明できたわけじゃないんだから。なんといっても時間を遡る新粒子だ。観測する時間をかぎりなくゼロに近づけたとしても、我々の認識が時間を常に前に進むかぎり、その新粒子を実存として観測することは決してできない」

「でも、それって十分に凄いことじゃないですか」

私がそう言うと、先生さんは恥ずかしそうに笑った。確かに今はまだ存在を証明できないのだとしても、実験を繰り返す中で新たに見つかるものがあるかもしれない。

そこまで思い至って、私は先生さんが言っていたことが気になった。

「ところで、その新粒子が記憶を司るってどういう意味ですか?」

先生さんは、そこでそれまでの鷹揚《おうよう》とした態度を改め、姿勢を正して粒子のモデルに指を向けた。

「ここから先は僕の仮説さ。この新粒子を観測するために、この粒子が現在どこに存在しているのかを考えていた」

先生さんが手元でパソコンを操作すると、ホワイトボード上で描き出された粒子が移動する3D映像に切り替わった。それは簡単なイラストで描かれた地球を飛び越え、宇宙の何もない空間へと収まっていく。

「宇宙の四分の一を満たす暗黒物質。その全ての正体がこの新粒子だとは言い切れないけれど、一部にはあるのは確かだ。宇宙の数パーセントは、こういった負の質量を持った粒子でできているのかもしれない。この宇宙で僕らが通常観測できる原子の割合は僅かで、残りが全て見ることができないものだ。それが時間という制約によって観測できないとすれば納得がいく」

次の映像は、イラストの地球を反転させたものが横に並んでいる姿だった。

「もしも、負の質量を持った存在が原子と同じ数だけあるとしたら、それは僕らが認識している宇宙の中に、反転した過去の姿があるという可能性が考えられる」

先生さんの途方もない考えに、私は持ちうるかぎりの知識を使って精一杯ついていこうとするが、すでに私の脳は白旗を振っている。

「僕らの世界が一秒進むごとに、その空間では一秒過去に戻っている。僕らが宇宙の終焉《しゅうえん》に向かうように、そちらは宇宙の始まりに向かっているんだ。まるで時間そのものが合わせ鏡で存在しているようにね」

「正直言って、理解しきれませんよ」

「おっと、そうか、この辺の説明は省いた方がいいかな。いや、今見てもらっているのも、いつか小中学生にもわかるように伝えなくてはと思って作っている映像なんだが」

私はホワイトボード上の絵を眺める。ほんわかとしたイラストで、笑顔の男性が老人になっていく姿と、逆に子供に戻っていく姿が並んで描かれている。

「要点だけ言えば、負の質量を持った新粒子は、絶えずこの宇宙に存在しているけれど、我々には認識できない場所にあるんだ。ただ一点を除いてはね」

「ただ一点？」

私が疑問符を浮かべるのと同時に、投影されていた絵が切り替わる。それは新粒子の3Dモデルが宇宙から降り注ぐ瞬間の絵だった。やがて粒子は人間の脳に入り込み、そこで光を放って消えた。

「さっき言った量子脳理論では、人間の意識は未知の粒子を捉えることで生まれると考えられた。もしも、この新粒子が人間の脳で観測できるとしたら面白いことになる」

さらに映像は切り替わり、脳の一部から漫画の吹き出しのようなものが現れ、その中に田園風景や人と遊ぶイラストが表示された。

「この新粒子は全ての過去を再現するものだ。鏡のように常に過去に進む世界。僕たちは、その過去の世界に干渉できないけれど、唯一、過去の世界を観測できる部分がある」

「それが記憶、ですか」

先生さんは頷いてみせる。ホワイトボード上の映像はそれで終了した。

「人間は過去を知っている。それは肉体が経験したからではなく、この新粒子が、時間軸を反転した世界と我々の世界を繋いでいるからではないか、そう考えたんだ」

「人間の記憶は、脳に蓄えられていくものじゃないんですか？」

「それはそうだろうね。でも僕からすれば、脳が蓄積できる記憶というのは知識や学習的なものだ。一方で、エピソード記憶と呼ばれる個人が経験した記憶は、脳の中にある海馬に集められる。僕は量子脳理論を発展させて、この海馬に新粒子が入り込んだ時にこそ、記憶が呼び起こされるのだと考えている。いわば海馬は、粒子測定器と同じで、宇宙空間から降り注ぐ新粒子を捉え、それとともに脳内で過去の光景を再生させるんだ」

なんだか煙《けむ》に巻かれた感じがするが、今の私の知識では反論も思いつかないので、ただ頷いて先生さんの言葉を聞いている。

「そういうわけで、長い説明になってしまったけれど、記憶というのは脳にあるものではなくて、この宇宙に存在していると考えられるというわけさ。つまり君が出会っていた過去の自分というのも、その新粒子が見せる現象だと考えたらどうかな、納得できる？」

私はいくらか考えを反芻《はんすう》してみたが、どうしても答えが出ない。仕方なく首を横に振ると、先生さんの方もそれが当然のように微笑んだ。

「だろうね。僕もまだ納得はいかない。君が過去の自分と出会うようになったのは、この国際リニアコライダーで実験が行われるようになってからだ。そこには、なんらかの因果関係があるはずだ。だけれど、どうして君だけがそんな現象に遭遇しているのかは、まだ答えが出せない」

そこで先生さんがコーヒーを飲み終えた。約束の時間もいくらか過ぎてしまっていたらしく、そのことに気づいた先生さんは急いで資料の片付けを始めた。私も手伝いつつ、近いうちにまた訪ねる許可をもらってから、その日の講義を終えることにした。

そうして私が部屋を後にする時、ふと先生さんが思いついたように尋ねてきた。

「ちなみにだけど、新粒子の名前の候補があってね、君にも意見を聞いておきたい」

「え、なんで私なんです？」

「君が地元の人だからだよ」

言ってから、先生さんは急いでいるのにもかかわらず悠長な調子で、ホワイトボードにじかに英字を書き込んでいく。

Bombyxion
「ボンビ……」

「ボンビシオン粒子。ボンビクスというのは蚕のラテン語名だよ。十六世紀に海馬を発見した解剖学者アランチオは最初、海馬をその形から蚕と呼んでいたんだ」

私は自分の脳の中に蚕が棲み着いている姿を想像して、少しばかり気持ち悪くもなった。とはいえ、よく考えてみれば海馬にしてもタツノオトシゴに似ているから名付けられた――英語のシーホースを直訳したのだ――と聞いたことがある。

「この岩手は歴史的に養蚕が盛んだったそうだね。せっかく岩手で発見された新粒子だ。それになぞらえて、海馬に関わる意味でも蚕の名前をつけようというわけさ。まぁ馬の文化も馴染み深いけれど、記憶を紡ぐという意味でも蚕がいいかな、って。どうかな」

「先生ってロマンチックなんですね。で、地元の人間として精一杯の意見を言わせてもらうとしたら、まぁ、少しダサいかな、って」

あらら、と先生さんはおどけてみせた。

「それじゃあ、和名はこっちで」

先生さんはそう言って、英字の下に漢字を書き加えていく。

記憶子。

私はその名前を見て、どことなく懐かしい感覚に襲われた。昔に聞いたような覚えがある。それが先生さんの言う、過去の世界を観測するということだとしたら。

いつの間にか、先生さんの言う理論を納得しかけていた自分がいるのに気づいて、私は大きく首を振った。とてもじゃないけれど、私が理解しきれる話じゃない。

施設の外では冷たい夜に向かう風が吹いていた。振り返れば、そこには夕焼けに染まる巨大な研究施設の姿があった。あの平べったい建物の遥か地下で、今もせっせと素粒子同士をぶつけている。そこから生まれるものが、私の脳の中を通り過ぎていく。

仙台に戻ってからは、またいつもの日常が帰ってきた。

地元を離れたことによって、もう過去の私と出会うこともなくなった。ただ少しばかり、先生さんが言っていたことが気にかかって、何度も記憶子という新粒子について考えることが増えてきた。

私は過去の私に出会うことができる。ただ、それがいつの私なのかはわからない。必ずしも順番通りに過去の自分が現れるわけではない。ふと昔を思い出すように、唐突に現れては消えていく。記憶を辿ること自体は他の人だってしているはずだ。それが脳の中で再生されているか、現実に見えているかの差だけ。

だけれど私は人とは違って、過去の私にアドバイスを送ることができる。それは記憶子の影響であり、国際リニアコライダーの実験の結果によるもの。これまで見ることの叶わなかった世界を覗き見ることに成功したということ。過去の私は私の忠告に従い、後悔のないような選択を続ける。でもそれは今の私なのだろうか、それとも別の世界の私なのだろうか。

記憶子の理論が正しいのだとしても、並行世界やタイムトラベルの全てが説明できるわけではない。今の私が、これから先、取り返しのつかないような過ちを犯してしまったとして、それを変えようとしたらどうすればいいのだろう。いつか私が、過去の自分に出会って言葉を伝えるのだろうか。そうして過去を改変したとしても、今の延長線上にいる私は、いつまでも後悔を引きずって生きるのだろうか。それとも今の私は、何一つ後悔することのない人生を送ることが許された私で、未来の私があらゆる後悔を取り除いてくれているのだろうか。だとすれば、その未来の私は、一体いつの私なのだろう。

ついそんなことばかり考えてしまう。そのせいで講義中に叱られる回数も増えていってしまう。もしこれで単位が取れなくなり、就職も上手くいかなくなってしまったら、まさしく本末転倒だ。だからといって、未来の私が「真面目に取り組んだ方がいい」などと言いに来てくれることもなく、テストだって当然のように自力で乗り越えるしかなかった。

やがて大学生活も長い夏季休暇に入ったが、課題に追われる日々が変わることはなかった。それでも余裕が出てきたので、再び実家に帰ることになった。今度の帰郷の目的ははっきりとしている。過去の私と出会い、そして、その答えを改めて先生さんに聞くこと。その約束もすでに取り付けてある。

ゴールデンウィークから、それほど日は経っていないが、それでも両親はひとしきり喜んで出迎えてくれた。一人娘の動向が気にかかるのはわかるけれど、そこまで心配しなくても大丈夫だと思う。なんといっても、今の私が興味を持っているのは異性でもなんでもなく、宇宙物理学と記憶子、そして過去の私なのだから。

そして案の定、私の部屋にはいつかの私がいて、勉強机にかじりついて楽しげに本を読んでいる。今度の私は小学校時代のようだった。

「祐奈ちゃんとね、明日遊ぶんだよ」

幼い私は無邪気に告げてきて、それをきっかけに、この後に何を言うべきなのか思い出せた。

「明日、祐奈ちゃんと川の方には行ったら駄目だよ。絶対に駄目だからね」

私はこの忠告を知っている。この時、私は未来の私の言うことを守ったから、祐奈ちゃんと死に別れるという、一番の後悔を回避することができたのだ。あの時の私が、今の私についに重なった。これだけは何度も言い含めなくてはいけない。絶対に、後悔させてはいけない。

私の真剣な表情を読み取って、過去の私は何度も頷いてみせた。私が安心して笑顔を向けると、彼女の姿が薄れて消えていった。

良かった。これで過去は変わったのだ。

その翌日、私は研究所の方へ足を向けるより先に、幼馴染の家を訪ねることを選んだ。小学校の終わりの頃には、大分疎遠になってしまっていたから、ここに来るのも約十年ぶりになる。過去の私が祐奈ちゃんの名前を出したことで、どうやら私も懐かしい気分になってしまったようだった。

私を出迎えてくれた祐奈ちゃんのお母さんは、記憶の中の姿よりも老けていたが、それでも何も変わっていないように思えた。和室に通され、お茶菓子を目の前に、祐奈ちゃんのお母さんは「大学も大変ね」と優しく労《ねぎら》ってくれた。私が何をしているのかは、私のお母さんから逐一聞かされているようだ。

「本当に、鏡子ちゃんは祐奈とずっと仲良くしてくれてたものね。私にとっても本当の娘みたいに思ってるのよ」

その言葉に気恥ずかしいものを感じたが、それと同時に和室の奥に置かれていた仏壇が目に入った。

ふと、そこに飾られている写真が目に入った。

「祐奈ちゃんは」

　私がそう言った瞬間、頭が酷《ひど》く痛みだした。脳の一部が軋《きし》むような感覚。蚕が繭の中で蠢《うごめ》くように、それが呼び起こされる。

「祐奈も、今の鏡子ちゃんを見たら喜ぶと思うの」

　仏壇にある写真が、私の視界ではっきりと像を結ぶ。

　そこには幼い少女の姿がある。私がよく知る幼馴染の顔。もう十年近くも前に、川に落ちて死んでしまった彼女。その笑顔が写真の中に残されている。

「祐奈ちゃん、あの事故で」

「一人だと無茶するような子だったからね。あの日も、一人で勝手に遊びに出かけて」

　祐奈ちゃんのお母さんはそう言って顔を少し暗くする。その外側にある「もしも一緒にいてくれてたら」という後悔の色が見えてしまった。そうなれば過去は変わっていたと。

　私と同じ感情を、きっとこの人も抱えている。

　違う。そうじゃない。

　私は本当なら一緒に遊びに行って、そして、目の前で幼馴染をなくした。それは何よりも重くのしかかった後悔で、何よりも変えたかった過去だった。私は、未来の私の言葉に従って、その悲劇から逃れたはずだった。

「あの日、私は祐奈ちゃんと遊ぶのを断って」

私はそれだけ言うのが精一杯だった。私はどうして、この事実に気づかなかったのだろうか。今のこの瞬間まで、祐奈ちゃんの死は忘れ去られていた。

これも全て、記憶子というものの影響だというのだろうか。

私は泣き出してしまい、それ以上、ここに留まることはできなかった。心配する祐奈ちゃんのお母さんを残して、それでも礼儀を尽くして、その場を後にする。

青い空の下で私は一人、わけもなく歩いていた。夏の強い日差しが肌を焼いて、じわりと汗が滲む。あれほどに歩き慣れた地元の風景が、いつの間にか見慣れないものに変わっているのに気づいた。様々な人が流入していて、この街も別のものになっていく。

強い日差しにあてられたせいもあるけれど、私は途端に気力をなくして近くの公園へと足を向ける。手頃なベンチに腰掛けて休んでいたところで、自転車の走る音が聞こえた。見てみればそこに、買い与えられたばかりの自転車を嬉しそうに乗り回す、過去の私の姿があった。

「危ないから、今日は自転車で遊ばない方がいいよ」

何気なく、そして当然のこととして、私は過去の私に忠告を与える。彼女はそれを律儀に守り、大きな怪我をしないで済むはずだ。首筋に変な痣を残すこともないだろう。

顔を洗おうと公園のトイレへと入り、何気なく鏡に映る自分を見た。そこでふと違和感を覚え、何気なく首筋に手を当てる。

――それはきっと気づいてはいけなかったのだ。

首筋に当てていた手をどけると、そこに赤黒い痣が大きく残っていた。短くなった髪では、もう隠すこともできない。中学生の時は、この痣がコンプレックスで、一所懸命に隠そうと髪を伸ばしていたはずだった。

私は、過去を変えたのではなかったのだろうか。

自転車で転ぶこともなく、痣を作ることもなく、それが元でからかわれることもなく、平穏無事な人生を過ごしてきたのではなかったか。だとすれば、どうして今の私に痣が残っているのだろう。それとも私は、改変された世界の私ではなく、いくつもの後悔を経験してきた側の私だったのだろうか。

祐奈ちゃんが川に落ちて死んでしまうのも、私の首に痣が残るのも、変わりようのない決定的な未来で、いかに過去の私に忠告したところで、起こった事象は変わらなかったのだろうか。

私はいくつもの疑問を抱え、国際リニアコライダーの施設へと向かっていた。先生さんと会う約束がある。

「どうしたんだい、随分と焦っているみたいだけど」

入り口で出迎えてくれた先生さんが、汗に濡れた私を見て心配していた。施設の中は涼しくて、そのうちに汗は乾くだろう。だけれど、そんな不格好を気にする余裕もない。私はすぐにでも答えが知りたかった。

「記憶子って、過去を変えられないんですか」

私はそう言って、今こうして抱えている疑問の全てを話してみた。私は改変された世界の人間なのか、それとも多くの後悔を抱えて生きてきた人間なのか。

全てを話し終えた時、先生さんは悲しそうに顔を伏せた。そして、今回は部屋ではなく、リニアコライダーのある区画の方で話がしたいと告げられた。私は誘われるがまま、地下へと降りていく。真夏だというのに寒いくらいの場所で、あれだけの汗が、今では冷たく背筋を伝う。

「最初に聞きたいのだけれど、君は昔、この国際リニアコライダーが開発中の頃に事故に遭ったんだってね」

長大な加速器トンネルの内部で、先生さんは厳《おごそ》かに尋ねてくる。私はそれに頷き、子供の頃に竪坑から落ちたことがあると告げた。

「これから僕が話すことは、きっと、君の疑問に対する全ての答えになると思う」

そう前置きしてから、先生さんはトンネルを貫く黄色いクライオモジュールを見やった。

「君が前に来てくれてから、記憶子について様々な仮説を考えていたんだ。その中で、君がここでかつて事故に遭ったことも知った。それを聞いて、君の奇妙な経験にも説明がつくと考えたんだ」

とつとつと語る先生さんの話しぶりは、いつか猊鼻渓で聞いた「げいび追分」の旋律に似ている気がした。

「おそらく、君は竪坑から転落した際に、脳の一部に傷を負ったんだろう。病院の検査では問題もないと言われる程度の、実に軽微なものだ。しかし、それが君の海馬に影響を及ぼした」

海馬。記憶子を捕まえるための脳の器官。

「本来なら、全ての人間は脳内で記憶子を収めるはずなんだ」

先生さんはふと、両手で自ら頭を摑んでみせた。

「たとえるなら、人間の脳はこの国際リニアコライダーの実験施設と同じだ。記憶子は粒子測定器で観測され、その都度、施設の内部で記録されていく。人間は記憶子を海馬で観測し、脳内で過去の映像を再生する」

そう言ってから、先生さんは次に両手を大きく左右に開いた。

「しかし君の場合は事故をきっかけに、海馬で観測されていた記憶子が外に漏れ出すように、というか、絶えず流れ出ているような具合になったんだろう。記憶子の集合体は脳から漏れ出た時点で、観測されることもなく、いずれ世界に溶けて消えるはずだった。君は一時的な記憶障害に陥るだけのはずだった。だけれど、その記憶子の集合体が存在した場所が、他でもない、この国際リニアコライダーの実験施設の中だったんだ。粒子の衝突実験が開始され、記憶子を観測する技術が生まれてしまった。いわばこの施設全体が人間の脳と同じ働きをし、記憶子が形を保ってしまった」

先生さんの言葉に私は息を呑む。

確かに、私が過去の私を見るようになったのは、この場所で実験が行われるようになった直後だった。それならば、あれはもしかしたら、私の意識の双子だったのかもしれない。彼女には、彼女だけの意識があり、私とは別の過去を生きてきたというのだろうか。

「それがまず、君が見る過去の自分の正体なんだろう。前にも言ったと思うけれど、人間は外から見る自分をイメージできる。だから君が見たのも、君自身が想像した過去の自分の姿だ」

「でも、私は過去の自分に声をかけて――そして過去を変えているんです」

「それだ。その部分で君は記憶子に干渉できる。君の言葉によって、別の人生を送ったと意識してしまう。それが特別な状況なんだよ」

先生さんは今までに見たこともないような、厳しい表情を作って私の方を見つめてくる。

「外部化され、形を保った記憶子は、君と接触することで再び君の脳内、海馬の中へと帰っていく。その瞬間、記憶子は改変された記憶を君の中に持ち込んでいくんだ」

「改変された記憶を――」

「そう。君は過去を変えたのじゃなく、自分の記憶を書き換えたんだ」

そう言われた瞬間、私は思い切り頬をはたかれたような痛みに襲われた。それはジンジンと痛み始め、目に熱いものが溢れてきた。

「だから君の友達が亡くなったという事実は変わらないし、君の首筋に痣が残っている事実も変わらない。ただ記憶子の影響で、その事実を忘却し続けているだけなんだ。意識の中では、その事実は無かったことになっている。人間は都合の良いように記憶を捏造《ねつぞう》し、目の前にある事実に妥当性のある答えを持たせる。それは君だけでなく、全ての人間が行うことだ。君ほどに能動的に記憶子を書き換えることはできずとも、時として、強い意志によって改変することができる」

私がしてきたことは、自分自身の後悔を塗り替えていただけだったのだろうか。首筋にある痣は消えない。だとしたら、過去にそれをからかってきた男子もいたのだろう。私はその時の辛い記憶を閉じ込めて、自分の中で何事も無かったというように、事実をすり替えていたのだろうか。

でも、違う。それだけじゃないはずだ。

「先生、私は確かに過去を変えたはずなんです。祐奈ちゃんは私と一緒に遊びに行かなかった。私にあるのはその記憶です。祐奈ちゃんが死んでしまったのは確かだけれど、その場に私はいなかった。祐奈ちゃんのお母さんも、私がいなかったっていう記憶を持っているんです」

必死に抗《あらが》うように、私は先生さんに言い立てる。何か一つでも、違うと言ってもらいたかった。私は確かに過去の私に出会うことで、悲しい事実を変えられたのだと、そう言ってもらいたかった。

だけれど先生さんは、その言葉にも寂しそうに首を振った。

「前にも言ったと思うけれど、僕の考えでは宇宙にある暗黒物質の数パーセントが負の質量を持った記憶子で構成された、時間の反転した世界、つまり全ての過去だ。もしも一つでも記憶子自体に改変が起きたなら、他に関係する過去も改変されるかもしれない。僕らの世界、つまり正の時間軸が、選択一つで無数に変化するように、過去も無数に分岐しているとしたら。そうなれば、記憶子によって過去に接続できる全ての人、そう、この世の中の全ての人間の記憶すら、書き換わっているかもしれないんだ」

その可能性は、私にとってあまりにも冷たいもののように感じられた。私は思わずその場にしゃがみ込み、何も言い返せずにただ顔を覆った。

「例えば、僕がここで突如として、このクライオモジュールを破壊したとする。未来への選択だ。正の粒子の世界で、僕は能動的に未来を改変するんだ。だけれど当然、僕はこの研究所を追い出され、どことも知れぬ場所で野垂れ死ぬだろう。もしも、そんなことになったら君はどうする？」

「多分、私は後悔します。先生にそんな目に遭ってもらいたくないから。だからきっと、私は過去の自分に出会った時にそのことを言うんだと思います」

それを聞いて、先生さんはいくらか恥ずかしそうに笑った。

「それなら、だ。君は自分の記憶子を書き換える。負の粒子の世界で能動的に過去を変える。一つの記憶子は複雑に絡み合いながら過去へと進み、やがて全ての人の記憶すら変える。僕はここで破壊活動は行わなかったことになる。その代わりに、事実は妥当性のある別の記憶として残る。クライオモジュールが壊れたのは事故で、僕は自発的に研究所を出たことになっている、とかね」

私は思わず首筋に手をやっていた。この痣が残っているという事実は何一つ変わらないはずだ。それでも、私は記憶子の改変に気づくまでの間、これを意識の外にやっていたのだ。

私は過去の自分の姿を見ることができる。それは私自身が想像した、過去の自分の姿だと先生さんは言っていた。それと同じように、私は記憶を書き換えた時に、痣のない自分の姿を想像していたのかもしれない。それなら私は痣に気づくことはないだろう。私が鏡を見た時、そこに映るのはいつだって過去の姿なのだから。

「事実というものは確かに変わらないのかもしれない。だけれど、どれを事実とするのかは人間の記憶次第なんだ」

いつしか先生さんの口調が優しいものに変わっていた。教え諭すように、私に一つずつ伝えてくる。どうしてこの世界にタイムトラベルの技術が存在せず、また何故タイムパラドックスが起こらないのか。

「記憶子を制御するような技術が発見されれば、いずれ事実というものに意味はなくなる。今現物理的な痕跡や残された記録すら、人間にとって都合の良い意味に書き換えられる。今現在でさえ、僕らは自分の意識に従って正しいと思う記録を信じる。それ以外は全て不都合なもので、何かの誤りであると思い込む。九十九個ある玉を、世界全ての人が百個あると言うのなら、それは百個の玉になるんだ」

その喩《たと》えに、私は思わず苦笑いを浮かべる。私が猊鼻渓で玉を投げている時に、先生さんは言っていたじゃないか。研究者は正直者でなければいけない、と。でも正直でいたとしても、世界の全ての人の記憶と違うことを述べたのなら、それは嘘つきになってしまうのだろうか。

先生さんが私の顔を覗いてから、優しげに微笑んだ。

「全ての人間の記憶を書き換えられたのなら、それはすでに過去を改変したことと一緒だよ。この世の全て、今まで起こってきた事実というものは、言ってしまえば全ての人々の記憶の積み重ねだからね」

私は自らの頭に手を添える。

この頭の奥に棲み着いた蚕が、勝手に糸を吐き出している。私はその糸を紡いで、私が見たいと願った模様を織っている。それは私だけではなく、全ての人がしていることなのだ。各々が作り上げた記憶の織物に、人はやがて好みの色を加えていくのだろう。何よりも正確に、どこで織り目が変わったのかも解らない改変を加えていく。

「僕らは一人ひとりが無数の選択を繰り返して未来に進んでいくんだ。それと同じ数だけ、いつかは記憶の選択を繰り返して過去を作る時代がくるかもしれない。その時代には未来と過去という区分はなくなるかもね。未来を想像することと過去を思い出すこと、その二つが同じ意味を持つようになる」

　記憶子というものの途方もなさ。私がそれに思い至った時、先生さんは「最後に」と前置きをして言葉を付け加えてきた。

「もし君が、過去の自分に出会った時に、幼馴染と友達になるな、という忠告を与えたとしたらどうだろう。おそらく君の記憶の中で、その子に関する全ての記憶が書き換えられる。他の全ての人たちも、君とその子が友達だったという事実を忘れてしまう。そうすれば、君は今抱えているような後悔もなくすことができるはずだ。その可能性に気づいて、君はそれをするかな？」

　私は首を横に振る。

「そう、僕らはいつだって後悔をするだろう。いくら未来に備えようとも、過去を書き換えようとも、自分の選択が誤っていたと思う時はあるはずだ。だけれどそう悲観するようなものでもないはずだ。後悔も含めて人生だからね。記憶を変えること自体は受け入れるけれど、僕は自分が後悔することも受け入れるよ」

　そんな人間になりたいのさ、と、先生さんは子供のように笑ってみせた。

　私は何かを言おうと思って、ゆっくりと立ち上がると、その瞬間、背後で人の泣き声がすることに気づいた。振り返れば、そこには不安そうに膝を抱えて泣いている小さな女の子の姿があった。

すでに全てを理解している。今、私が見ているのは、私の記憶子そのものなのだ。認識した段階で記憶が呼び起こされ、まるで彼女の経験が自分の経験であるかのように感じられる。

私は冷たいトンネルの中を歩いて、彼女の方へと近づいていく。記憶子が私の頭の中を通り過ぎていく。やがて小さな女の子の目の前に辿り着くと、その頭に手を置いた。触れたという感覚はなかったが、それと同時に、かつて触れられたという記憶が作られる。

「あなたは私の過去、小さな粒子の集合体」

私がそう言うと、少女は不安そうに顔を上げた。

「もしかして、そこに過去の君がいるのかい？」

先生さんが不思議そうに、それでいてどこか納得したように、優しい目でこちらを見てくる。

「そうですね。足を滑らせて、ここまで落ちてきてしまった、おっちょこちょいな昔の私がいます」

私は何度も彼女の頭を撫でて、思うがままに言葉を重ねていく。それは私の記憶になり、一つ一つが実感になっていく。

「心配しないでいいよ」

私は私に語りかける。

「未来にはきっと――」

＊

阿原山の展望台から、空を埋め尽くすほどの星が見えている。

私は先生さんと二人、実験施設を後にしてこの場所にやってきた。この山の遥か下に国際リニアコライダーがあり、今も次の実験の準備に追われているはずだ。糸車を通るようにダンピング・リングを回って、二つの素粒子がぶつかり合う。

「オシラサマ、って知ってます？」

私が尋ねると、背後で懐中電灯を弄《もてあそ》んでいた先生さんが「もちろん！」と愉快そうに声を上げた。

「東北地方で祀《まつ》られる屋敷神だ。『遠野物語』にも話が出ている。とある家の娘が、その家で飼っている馬を愛し、夫婦となった。しかしそれを許さなかった父親が馬を殺し、桑の木に吊り下げた。娘はそれを悲しみ、馬に縋《すが》りついて泣く。すると娘と馬は一つになり、天へと昇っていった。そこからオシラサマは、馬の頭と人の頭を刻んだ木を二体一対の像として祀ったものと伝えられている」

趣味の話となったのが嬉しかったのだろう、先生さんは周囲を飛ぶ蛾の群れも意に介さず、嬉々とした様子だ。

「これは中国に伝わる馬頭娘《ばとうじょう》という伝説が変化したもので、その伝説では娘と馬は一つになり蚕になったと伝えられている。全く奇妙な伝説だが、この説話が養蚕の起源になったと語られているんだ」

「さすが先生。お詳しい」

私は得意げな先生さんに微笑みを返してから、再び夜空を見上げた。

この先きっと、私は多くの私に出会うだろう。やがてそれは私だけのものでなく、この土地に住む全ての人たちが出会うものになる。そうなった時に、人間の記憶はどういったものになるのだろう。起こった事実は全ての記憶の積み重ねだとして、それが自由に変えられる未来が来て、人は何をするのだろう。その時に私は、一体何を伝えられるだろうか。

ふと過去の私に、それを問いかけてみたい気になった。

私は頭の中を巡る粒子に思いを馳せる。私の記憶。少女の姿をしたそれは、海馬の中に捉えられて蚕の姿へと変わった。少女と馬、記憶子と脳。電子と陽電子が衝突するように、両者は一つになった瞬間に消えてしまい、この宇宙のどこかにある全ての過去を目指して飛んでいく。

邪義の壁

私の実家には、古くからウワヌリと呼ばれている壁がある。

交通の便が悪い山村で私は生まれた。家は山裾にあり、ゆうに数百年の歴史を刻む旧家であった。近所の家も相当に古いが、私の実家は頭屋《とうや》を務めていた家らしく、それらよりもなお古く立派なものだった。それも代を重ねるごとに増改築を施したらしく、あちこちで複雑な組み合わせを作っている。

旅館の如き玄関は昭和初期に直したもので、その脇から厩《うまや》を壊して作った応接間が繋がっている。基本の部屋割りそのものは田の字型だが、その上下左右に増築された部屋が組み込まれている。柱の木材は時代ごとに変わり、その色合いも場所によって違いが見られる。あるいは裏庭を臨む縁側は文明開化の趣き、江戸後期の絵師に描かせたという襖《ふすま》を開けば古畳と新しい畳がモザイク模様となり、煤に塗れた鴨居《かもい》には大正時代の時計が掛かっている。天井は低いが、一部を除いて二階も増築されている。かつては米を隠していたという屋根裏の倉庫も、私が暮らしていた頃には子供部屋になっていた。

とにかく私の実家は雑多な限りで、調度品ですらあらゆる時代のものが揃っていた。しかし外から見る分には面白いだろうが、暮らすとなると不便だ。子供の頃には、トイレを探し求めてあらぬ扉を開く客人の姿を何度も見た。

ある時に、誰かが私の実家を「歴史の寄木細工」と評したのを知ったが、今になって思えばそれは、箱根などで売っている寄木細工の秘密箱を指していたのだろう。複雑な手順を踏まないと開かないところが実に似ている。

そんな古ぼけた屋敷の一角に、その壁があるのだ。

何も飾られていない白壁だ。それが一面、小さな和室の北側にある。家を田の字型に区切った時——もちろんもっと複雑な作りだが——ちょうど右上の部屋にあたる。普通の家ならば仏壇や神棚が置かれているような場所に、ただ白い大きな壁が広がっている。

性格が先にあったのか、環境が先にあったのかは解らないが、私は実家の混沌とした佇まいがあまり好きではなかった。できることなら、全てシンプルに済ませたがる癖があった。そういう訳だから、あの何もない真っ白なウワヌリがある部屋が一番好きだった。その部屋に籠もっていれば、余計なものを見ずに済む。勉強に集中できると言い訳を作って、窓もない無音の空間に閉じこもり、一日中、その白い壁を眺めていたこともあった。

ある時から、自分がウワヌリを鏡のように見ていることに気づいた。何もない白い壁面に空想の自分を映して遊んでいた。私は壁の表面で理想の姿となり、その色の如く清廉潔白、真面目で傷一つない存在となっていた。

あるいは私がウワヌリなる壁に固執するのも、祖母からの影響があるのかもしれない。

私は夜が来れば早く寝てしまうような人間だったが、それがある日、祖母に起こされてウワヌリのある部屋へと通された。見ればウワヌリの前に、紫の座布団がずらっと敷かれ、何人もの大人が座って祈っていた。暗い部屋の中、ウワヌリが蠟燭に照らされて橙色に染まっている。

祖母は私を「オトリアゲ」するのだと言い、大人達の前でウワヌリに向かうように促した。その時の私は訳も解らないまま、ただ普段は見られないウワヌリの姿に興奮していた。私は祖母に言われるがまま、ウワヌリに向かって教えられた「お念仏」を繰り返し唱えていた。

私が「お念仏」を唱えると、今度は周囲の大人達も同様の言葉を繰り返し始めた。窓もない部屋で、幾人もの大人が小さな蠟燭の灯りに照らされている。彼らは一心不乱に言葉を重ねている。子供の私は、それを不気味に感じることもなかったが、大人になった今では随分と異様な光景だったと理解できる。

その「オトリアゲ」の日が終わると、私は祖母に誘われるまま、夜にウワヌリの前で祈るようになっていた。とはいえ、普段の生活が変わることはない。白壁に向かって一人遊びをするのは昔からの癖であったし、そこに「お念仏」なる言葉の連なりが加わっただけだ。この習慣は私が高校に入学する頃まで続いた。

つまり私にとって、ウワヌリこそ私の理想を映す鏡のような存在、もしくは思い出を写し取ったフィルムであったということだ。

*

それからの私の人生は、恐らくあの白壁のようにシンプルで綺麗なものだったと信じている。

私は就職するのと同時に仙台へ出て、やがて今の妻と知り合って結婚することになった。大きなドラマもなく、ただ愛して、愛されて、ごく単純に一緒になることを選んだ。

実家に戻ることもなく、私は仙台で新居を構えることにした。そして妻の勧めもあり、私の父親をこちらへ呼ぶことにした。父は母の位牌を携えて、あの暮らしにくい実家から移ってきた。そうなると祖母だけが一人、ウワヌリのある家に残って暮らすことになった。父と共に何度か説得はしたが、祖母は実家を離れる気はないらしかった。

新居の真新しい壁を見る度に、私は漠然とウワヌリのことを思い出していた。そして小さな背をした祖母が、今もあの白い壁に向かって寂しく「お念仏」を唱える光景を想像した。

それ以降、祖母のいる実家に帰ったのは数える程だった。そういった時の祖母は孫の訪れを無邪気に喜んでくれるだけで、もう昔のようにウワヌリの前に座らせようともしなかった。

そんな祖母も、曾孫の姿を見ることなく亡くなってしまった。

祖母の葬儀自体は滞りなく終わった。祖母の遺体は居間で寝かされ、そこで湯灌《ゆかん》を受けることになった。また檀那寺の僧侶がやってきて枕経《まくらぎょう》をあげていた。祖母の遺体はウワヌリのある部屋に運ばれることもなく、また僧侶が壁に向かって読経することもなく、ごく普通の葬儀が執り行われた。

私はどこかで、あのウワヌリこそ我が家の宗教だと思い込んでいたので、この葬儀の様子にいささか面食らった。父親に聞いてみても、ウワヌリについての知識は私と似たり寄ったりらしく、ただ祖母と数人の大人が集まって「お念仏」を捧げる場所としか認識していなかった。

結局、祖母が亡くなってしまうと、あの白い壁について話す機会もなくなり、ただ思い出の風景になってしまった。あれは不思議なものでもなく、特に意味のない白壁で、かつて仏壇でもあった場所の名残りなのだろうと結論づけた。

それが大事《おおごと》になったのは、祖母が亡くなった次の年のことだった。

私の実家は持ち主がいなくなってからも依然としてそこに存在していた。ようやく祖母の遺品整理が終わった頃、実家を有形文化財に登録するといった話が持ち上がった。音頭を取ったのは祖母とも交流のあった市議だった。住んでいる頃には気にも留めなかったが、確かにあれほどの家だ。ましてや江戸時代から残っている旧家であれば、十分に保存する価値はあるのだろう。私の父も、相続するほどの家でも無かったので進んで賛成したし、私自身も思い入れのある実家が、野晒しにならずに済んだことを喜んだ。

トントン拍子で話は進み、早々に教育委員会の調査担当者が実家を訪れたという。私は現場には立ち会っていないが、父は久方ぶりに実家の方へと帰って、彼らの調査を見守ったようだった。父は複雑怪奇な我が実家を丁寧に案内し、彼らが家の中で迷子にならないように努めた。やがて各部屋を巡り終え、最後にウワヌリのある部屋へと担当者を導き入れたらしい。

その時、突如としてウワヌリの一部が崩れたという。

そして、何もない普通の白壁だと思ったそれから、男女二人分の白骨死体が躍り出た。

私はその時の混乱ぶりなど知る由もないが、それを伝えてきた父親の青ざめた表情が全てを物語っていた。

「死体が出た」

父は同じ言葉を何度も繰り返していた。いつかの「お念仏」を唱える大人達にそっくりだと、不謹慎な笑いが漏れたのを覚えている。

白骨死体が発見されたことで調査は中止となり、その日の内に警察が実家に入った。しかし、これが殺人事件などに発展することはなく、捜査もすぐに打ち切られたという。

つまり、ウワヌリから飛び出してきた白骨はあまりにも古かった。

ざっと見積もって百年以上前のものだったという。これが明治頃のものなら、まだ事件性があっただろうが、江戸時代の死体だと言われると急に歴史の一部になってしまう。人の死というのは、ある時代の一点からは圧縮されて無限遠の点となるのだ。

しかし、いくら過去の死体だからといって全てを無かったことにはできない。何より、私にとってウワヌリは、子供の頃から祈りを捧げてきた大切な場所である。その下に死体があったということは、私も祖母も、他の大勢の大人達も、壁の中に塗り込められた男女の白骨を拝んでいたことになる。

あるいは、その骨があったからこそ拝んでいたのだろうか。

白骨死体は教育委員会の預かりとなり、県立大の人類学者と解剖学者が鑑定を行ったという。その骨はおおよそ江戸時代末期のもので、男女ともに年齢は二十代から三十代、頭部に陥没の形跡があることから、何かしらの事故で亡くなったものだと推定された。

この事実が伝えられると、父親はにわかに発奮し「骨の持ち主を特定しよう」などと言い出した。

私が仕事から帰る度に、父親は古い資料を広げていたし、老眼鏡と古文書辞典を常に持ち歩くようになっていた。実家に残っていた古文書類をかき集め、檀那寺の過去帳なども取り寄せて大いに調べていた。父は教育委員会の人々とも頻繁に交流するようになり、県立大学に赴いては自説を大いに語っている。妻の方は義父のそんな行動を煩わしく思いながらも、新しく趣味を持ってくれたこと自体は嬉しがっているようだった。

やがて父の協力の下、教育委員会は白骨について一つの結論を出した。

つまり、我が先祖は江戸時代末期に移住してきた分家筋であり、骨は代々頭屋を務めていた本家の人間であろうということ。恐らく家屋が半壊するような事故で彼らは生き埋めとなり、その上から無理矢理に壁を修復した結果、死体は壁の中に塗り込められた。よって本家は跡継ぎを失い、我が先祖がそれを継ぐことになったのだ。

これが父親の得た答えだった。実に穏当な歴史の真実に見えた。白骨死体を塗り込んだ壁、ウワヌリなるものは特別なものではなく、単なる事故の補修跡に過ぎないと関係者の多くが納得した。

それが覆されたのは、再びウワヌリの一部が崩れた時だった。

＊

私の実家で教育委員会が調査を続ける中、ウワヌリの壁がさらに剝がれたという。

そして、次に壁の向こうから現れたものは古い仏壇だった。

私はその頃から足を悪くしていた父の代参という形で、再び実家を訪れ、歴史資料館の学芸員と共に古い仏壇を検める作業に立ち会った。

「仏壇の上から漆喰《しっくい》を塗って新たに壁を作ったんでしょう」

学芸員はそう言って、既に古い漆喰と一体化していた仏壇を指し示した。ウワヌリは古い仏壇の跡だ。私のかつての推理は、当たらずといえども遠からず、といった具合だった。

「多分、浄土真宗系の仏壇だと思います。とても大きく作られていますから」

学芸員は朽ちた仏壇を指し示した。確かに見える範囲だけでも、縦二メートル程の仏壇らしき構造物が残っていた。色褪せた鈍色の金具、唐木の須弥壇《しゅみだん》には精緻な彫刻が僅かに残っていた。学芸員は私の許可を得て、さらにウワヌリを剝いでいく。

ずり、と一際大きな音を立てて、ウワヌリの一部が剝がれ落ちた。ちょうど白骨死体が塗り込められていた壁の中央部だった。

古い仏壇が露わになると同時に、その中央に厨子《ずし》が安置されているのが解った。由緒ある寺院で見るようなものが、我が家の壁の中にあっただけでも驚いたが、なおその厨子の状態の良さが目についた。硬い黒檀で作られているのだろうか、なおかつ外気にも触れていなかった分、その厨子は未だに形を万全に保っていた。

私に断りを入れてから、学芸員がその厨子を開け放つ。そして中にあるものを検め、彼は溜め息を漏らした。それと同時に首を振って、

「これは少し、私では手に余るものですね」

と、そう言った。

学芸員の肩越しに厨子の中を見れば、そこにあったのは仏像ではなく、僧侶の木像だった。仏教についての知識はそれほどないが、浄土真宗の仏壇に飾られているのなら親鸞《しんらん》聖人の像なのではないだろうか。そういったことを伝えると学芸員はただ首を横に振るだけだった。

それから数日後、今度は別の民俗学者が私の実家に訪れた。

「これは覚鑁《かくばん》の像ですよ」

今回も調査に同行した私に向けて、その若い民俗学者——蝿坂《はえさか》と名乗っていた——が告げてきた。聞き覚えのない僧侶の名だった。

「十二世紀の真言密教の僧侶です。当時の真言宗と袂を分かち、独自の教派を作り上げた中興の祖ですよ」

「それがどうして、こんな場所にあるんですか？」

こちらの率直な疑問に、蝿坂は興味深そうに頷いてみせた。

「恐らく、隠し念仏でしょう」

初めて聞く言葉だった。しかしどこか、その言葉が持つ不気味な響きが印象に残った。

「覚鑁は密厳《みつごん》浄土思想という、真言宗における浄土思想を広めた僧侶なんですよ。そして浄土真宗の中にも、その教義を受け入れた一団がいて、独自の教派を作っていったんです。それは浄土真宗から見れば異端なので、隠し念仏という形で外には出さずに秘密裏に信仰されたんです」

「それじゃあ、私の先祖がそうだったと？」

「恐らくそうでしょう。歴史的に見ても、この地域は隠し念仏が盛んだったようですから。

古くから交通の便が悪い土地だったようですね。最初は異端だとも思わず、ただ新しい浄土真宗の教えとして受け入れたんですよ」

蝿坂はそう結論づけ、何枚かの写真を撮って調査を終えたようだった。

実家に残った私は一人、崩れたウワヌリの前に座り、かつてのように「お念仏」を唱えていた。壁に塗り込まれた仏壇の中央で、覚鑁の像がこちらを睨んでいた。

何気なく受け入れていたものだったが、今にして思えば、この「お念仏」も隠し念仏なる信仰の残り香なのかもしれない。私の先祖も、そして祖母も、古くからこの地で伝えられてきた異端の教えを守り続けてきたのか。ウワヌリというのも、外から発見されないように入念に壁を塗り込んだ結果だったのだろうか。

祖母や、彼女と共にウワヌリの前に座っていた大人たちは、この壁の奥にあるものを知っていたのか。先祖への供養もかねて、祖母らは何もない白壁に向かって祈りを捧げていたのだろうか。

そうして私が小さな灯りを頼りに「お念仏」を唱えていると、目の前のウワヌリが揺れている気がした。私の声に反応して、崩れた漆喰が蠢いている。端からポロポロと砂礫《されき》が剝がれていく。

それが地震だと気づき、私が腰を浮かせた瞬間、ウワヌリに大きなひびが入った。仏壇の金具が外れ、大きな音を立てて崩れた。厨子が飛び出し、こちらに覚鑁の像が転がってくる。

ようやく地震が収まった時、私はウワヌリの向こうに白いものを見た。それはこちらを睨んでいる。暗闇の中、黒い穴がいくつも覗いていた。

ウワヌリの向こうから、今度は三人分の白骨死体が現れた。

＊

その骨が出た頃から、私はウワヌリに取り憑かれていたのかもしれない。

父は既にウワヌリへの興味をなくし、新しく白骨死体が出たという事実にも「そういうこともあるだろう」と取り合わなかった。その様が気に食わなかったこともあり、私は父と交代する形でウワヌリの調査に口出しするようになっていた。

今度の白骨死体も最初は警察沙汰になったが、既に古い時代の白骨が出ていたこともあり、歴史上のものだろうということで早々に教育委員会の預かりとなった。予想通り、というか当然のこととして、それは前に出た骨よりも前の時代のものだということだった。

「江戸時代中期か、初期のものですよ」

私が県立大に赴くと、骨の鑑定を担っていた人類学者がそう伝えてきた。

「ですが、こう何度も骨が出るというのも奇妙ですね」

人類学者はトレイの上に並べられた骨を前にして、訝しげに首を振っていた。

「今度の白骨死体は、全身に骨折の痕があります」

「また事故か何かですか」

「そう思うのがいいでしょう」

その言葉のニュアンスが気にかかった。何かこちらに不都合な真実が含まれているように思えて、どうにも腑に落ちなかった。

その次の日から、私は実家に籠もるようになった。

仕事は有給を取り、仙台の家に妻と父を残して、ただ一人、懐かしい我が家で寝泊まりをし、以前の父と同じように古い記録を当たっていた。大方は既に父が見つけていたものを洗い直す程度だったが、隠し念仏の場という情報を得た後なら、見えてくるものも違ってきていた。

隠し念仏なるものは、異端の教義としてこの地に根付いていた。古文書を辿れば、僧侶と思しき者の名があちこちに現れている。しかし、そのいずれも郷土史や檀那寺の過去帳には登場しない名前だった。あの民俗学者、蝿坂に問い合わせてみれば、そういった僧は流浪の身か、あるいは山々を渡り歩く修験者だったかもしれないと教えられた。

「隠し念仏というのは、各地域で小さな教団を持っていたようなものなんですよ」

仙台の大学に蝿坂が来ていると知り、私は持ちうる資料を携えて彼の元を訪ねた。構内のラウンジで話すには実に不穏な内容だが、蝿坂は気後れする様子もなく、隠し念仏についての知識を披露してくれた。

「その家が属する檀那寺とは別に、その村や家で導師とでも言うべき僧侶を呼んで教えを受けるんです。正当な寺からすれば異端ですから、土蔵や締め切った部屋で秘密の法事を行うんです」

ウワヌリが隠し念仏の場だったと知って、蝿坂の方は喜々としているようだった。こちらにとっては私自身を形作る思い出の空間だが、民俗学者にとっては興味深い研究材料なのだろう。

「もしかしたらの話だから、聞き流してくれていいのですが」

やがて話が煮詰まってきたあたりで、蝿坂がそう切り出してきた。

「信仰している人間にとっては当然のものですが、場合によっては異端の教えというものは排斥の対象になります」

「どういう意味ですか？」

「貴方の家の壁から現れたという白骨、それは事故などではなく、何者かによって殺害されたものかもしれない、と、僕はそう思っているんです」

その言葉を受けて、私は驚くでもなく、どこかで安心していた。私自身がどこかで思っていた可能性を、蝿坂は気に留めることもなく言ってのけた。

「きっと、骨を鑑定した人も気づいていて黙っていたのでしょう。貴方の先祖が何をしたのかまでは解らないが、とにかく何かの対立があって、隠し念仏を信仰してきた人の何人かが命を落とした。まあ、殺害された、というのは言い過ぎだったかもしれません。でも、彼らは正当な死を与えられず、茶毘《だび》に付されることもなく、異端の教えと共に壁に塗り込んで隠されたのです」

蝿坂から講義を受けた後、私は妻と父の待つ家に帰ることもせず、すぐにバスを乗り継いで実家の方へ戻ることにした。村に入った時には既に日は暮れ、入れ替わりで終バスも出てしまっていた。妻に連絡を入れようかとも思ったが、そういった気も起きず、実家の方へと足を向けていた。

誰もいなくなった実家に入ると、迷うこともなくウワヌリのある部屋へと進んでいく。幼い頃はあれほどに煩わしく思えた家の作りが、今では何より懐かしく、そして心地よいものに思えた。寄木細工のように色を違えた板張りの廊下、燻《いぶ》されて黒ずんだ梁、牛蛙の肌にも似た斑の雨戸。小さな電球が長い縁側を照らし、裏庭で鳴く螻蛄《けら》の声を届ける。ガラス戸の向こうに枯れ葉に覆われた古井戸と、無遠慮に咲き誇る彼岸花の姿があった。

　そうしてウワヌリのある部屋に入ると、襖をぴったりと閉じ、持ち込んだ蠟燭に火を灯す。鼻をつくような匂い、僅かに感じる息苦しさも懐かしく思える。窓もない部屋の中、蠟燭で照らされた空間だけが淡い熱の色に染まる。厚い壁に遮られて、ようやく無音の中に身を置くことができた。

　いざ音が消えると、今度は耳の内でジィジィと音が聞こえる。自らの骨と筋肉の軋みが届き、それと同期するようにウワヌリの方からもキシキシと身悶えするような音が聞こえた。それまで外気に触れていなかった部分が、空気中の水分を吸い込んで傷み始めていたのだ。

　私はウワヌリの前に座り、ただ白壁を見つめているつもりだった。それがいつしか、うわ言のように「お念仏」を繰り返していた。記憶の奥にあるそれを、必死に呼び起こして唱えていた。

　祖母は隠し念仏を知っていたのだろう。

　本家の人間は、その異端の教えを守ってきた。しかし家に籠もって独自の教えを堅持する様は、外からは気味悪く見えていたに違いない。分家筋の人間は、本家の人間を追い出す口実に異端の教えを使ったのか、それとも異端の教えを持っているからこそ、本家の人間は排斥されたのか。

今となっては、その真実は解らない。それでも、祖母の先祖である分家筋の人間は供養を欠かすことなく、壁の奥にいる死体へ「お念仏」を捧げていた。

それはまるで、先祖の祟りを恐れているようにも思えた。

それから私が一晩中、小さな灯りの元で「お念仏」を唱えていると、次第にウワヌリが膨張していく錯覚に陥った。この感覚は以前にも受けた。地震によって壁が崩れた日と同じだ。

そうであるなら、きっとまた壁の向こうから良くないものが現れる。新しく白骨死体が増えるのだろうか、それとも。

ごそり、とウワヌリの一部が新たに崩れた。

そこにあったのは白骨死体ではなく、奇妙な細長い石だった。

＊

私は新たに現れた細長い石を丁寧に引き寄せると、誰に知らせるでもなく、ウワヌリのある部屋でそれを見つめ続けていた。

窓のない部屋では朝になったのかも定かではないが、ざっと数時間はその石を眺めていた。これはきっと意味のあるものに違いない。確信めいた予感があり、私は細長い石の観察を続ける。薄闇の中では良く解らなかったそれが、次第に目が慣れるにつれて、明確な輪郭を持った像であるように思えた。

何かしらの像が漆喰と砂に塗れて、ひと塊となっている。

そう理解すると、今度はボールペンで周囲を削り取る作業に入った。もっとましな道具でもあれば良かったが、実家の方の荷物はあらかた出してしまっていたので、この程度のものしかなかった。

私が一心不乱に石を削っていると、その表面がずるりと剝がれ落ちた。まるで瘡蓋《かさぶた》が剝けるようで、どことなく厭な気分になったが、その先にあったものを見て思わず溜め息を漏らしていた。

それは観音像だった。

慈母観音とでも言うのだろうか、胸元に幼子を抱え、柔和な笑みを浮かべている。表面は滑らかで、白磁の焼き物であることが手触りで解った。自然と敬虔な気持ちになり、何度も観音像の肌を撫でてしまっていた。

ふと指先に違和感を覚え、観音像をひっくり返して、その背を確かめた。するとそこに、普通の仏像にあるような光背の代わりに、大きな十字の彫り込みがあった。

ああ、これは。

暗い部屋で独り合点し、自身が得た答えを何度も確かめて薄笑いを浮かべた。

「マリア観音？」

後日、私は仙台の自宅に蝿坂を招き入れ、件の観音像の写真を見せた。自説を披露すると、蝿坂は何よりも怪訝な表情を浮かべた。

「背中に十字架があるんです。私も地元の歴史などを調べていたのですぐに解りました。あれは隠れキリシタンのものですよ」

それは、と蝿坂がそこで言葉を詰まらせた。手にしたコーヒーカップを置いて、私が見せた写真を何度も確かめている。

「いいですか、蝿坂さん。歴史的にいっても、この地域は多くのキリシタンを匿っていたんですよ。伊達《だて》政宗《まさむね》はスペインとの独自外交を画策していたし、政宗公の家臣である後藤《ごとう》寿庵《じゅあん》もキリシタンでした。江戸初期に禁教令が出るまで、あの辺りには何人ものキリシタンが隠れ住んでいましたからね。私の家もそういった場所だったのでしょう」

「しかし、いいのですか？」

蝿坂の疑問に、こちらはなんと返せばいいのか解らなかった。彼が何を気にしているのか解らなかったのだ。もしかすると、私が教育委員会に届け出もせず、マリア観音を勝手に調べていることが気に障るのだろうか。

「いや、勝手に調べているのは申し訳ないことです。ですがね、元はといえば私の家の壁の中にあったものです」

「そういうことを言いたい訳では」

そこで蝿坂は口籠る。彼の態度が気にかかり、私は自身の正当性を何度も訴えた。

マリア観音は貴重な発見である。ウワヌリは隠れキリシタンの信仰対象でもあった。あの場所こそ、世間に秘さねばならない信仰を守る地であった。いずれにしろ、私の先祖は貴重な文化を守り伝えてきたのだ。

様々な言葉を弄したが、いずれも蝿坂の耳には届いていないようだった。彼は複雑な笑みを浮かべるだけだ。

「貴方はどうも、あの壁から骨が出てきたことを忘れているらしい」

私の話を聞き終えた蝿坂がそう言ってきた。

「忘れてはいけませんよ。あの壁は確かに信仰の場だったのかもしれませんが、そこに何人もの人間の死体が埋まっていたんです。その理由を考えてごらんなさい」

「それは事故か、そうでなければ」

「そうでない方で考えてみてください。あの壁は幾層にも重なって、過去の信仰、それも外には漏らせないような秘密の信仰を塗り込んできたんです」

「それこそ、貴重なものではないですか」

「いえ、これは例えばの話ですがね」

そう断ってから、蝿坂は残ったコーヒーを一気に飲み干した。

「あの白骨死体は隠し念仏なり、隠れキリシタンなり、とにかく異端の教えとされたものを信仰してきた人間だった。これは歴史の憎むべき側面ですが、そういった人たちを我々の先祖は差別し、排斥してきたのでしょう。あの白骨死体はそうした中で、ただ異端の教えを持っているというだけで殺された被害者だとしたら」

蝿坂がこちらに憐れむような視線を送ってきた。

「時代から言って、隠れキリシタンは江戸初期で、隠し念仏は江戸後期です。まずキリストの教えを守った者たちがいて、彼らは新たに来た隠し念仏の信徒に殺されて壁に埋められた。そして更に、隠し念仏の信徒は貴方の先祖に殺されたのかもしれない」

思わず言い返しそうになったが、蝿坂の話そのものは私自身もどこかで考えていたものだったので、つい何も言えないでいた。それでも、あの真っ白な壁を、ウワヌリを否定されることは、私そのものを否定されているようで耐え難かった。

「こうして見ると、あの壁は信仰の場などではなく、異端排除の歴史そのものですよ」

私の表情を見て取ったのだろう。蝿坂はそれだけ言うと、そそくさと席を立って帰り支度を始めた。

彼が私の家を出た後、テーブルを片付けようとして残されたコーヒーカップの底が目に入った。真っ白な陶器の表面に、でたらめな予兆の模様が浮かんでいる。

私はそれを無視して、洗い物が溜まった流し台へカップを放り込んだ。

＊

かつて私の祖母が行った「オトリアゲ」なるものは、つまるところ隠し念仏における入信の儀式だったという。

別に祖母や実家に集まっていた大人たちが隠し念仏を信仰していた訳ではない。ただ昔にあった異端の教義を、そのまま再現していただけなのだろう。私は祖母の元で「オトリアゲ」を施され、この白い壁が覆ってきた無数の信仰の後継者として選ばれていたのだ。

そして私を形作っていたものは、間違いなくあの白い壁への信仰心だった。

意識することもなかったが、昔から自分が何かをする時は必ず、ウワヌリに映った自分の姿を想像していたはずだ。それが道徳心やら生き方の指針になっていたのだから、ウワヌリは間違いなく私にとっての宗教だったのだ。それは他人から見れば理解もされない歪《いびつ》なものだろうが、この壁に塗り込まれた多くの信仰も似たようなものだったに違いない。

それからというもの、私は何かを確かめるようにウワヌリについての調査を続けた。

ウワヌリは信仰の場である。いかに異端とはいえ、そこに込められた祈りは意味がある。決して過去の罪を覆い隠すための存在ではないはずだ。

有形文化財としての登録申請は一旦取り下げ、自身の仕事も休職扱いにした。そうして実家に誰も入らないようにして、ただ一人でウワヌリを撫で続けた。

あの鏡のように綺麗だった白壁は、既にあちこちが剝がれ落ち、今では朽ちた仏壇と爛れた漆喰が覗いている。崩れた化粧のようにひび割れ、沸き立った気泡の如く無数の穴が開いている。

ウワヌリからは面白いほどに新たなものが現れた。

マリア観音があった場所の裏からは、新たに茶色の骨が飛び出した。人間のものではない。犬か狐か、そんな動物の頭骨だった。あるいは別の面をなぞれば、そこから厳しい表情の仏像が現れる。思い切って傷のついていない壁を剝がしてみれば、そこから烏帽子《えぼし》を被り不気味に笑う神の像が現れ、その横から三面六臂をした異形の仏を描いた掛け軸が転がり出る。

私は夢中になって、新たにウワヌリから飛び出してきた物を掻き集め、それらを一つずつ検分していった。もう教育委員会に頼ることもなく、独自に調べた知識だけでも十分に解る。それらはこの地に残った信仰の跡。それも正当なものとされず、時代によっては排斥の対象となったような物たちだった。

「もう壁を掘るのはお止しになった方がいい」

新たに出てきた物を見て貰おうと、またも蠅坂にコンタクトを取った。しかし彼は、電話越しにそんな言葉を寄越すだけで、もう取り合ってはくれなかった。

「あの壁は確かに、歴史的な意味はあると思います。ですが、それは決して清らかなものではない。その時代ごとに新たな異端者を作り出し、その犠牲者ごと壁で覆ったんでしょう」

蠅坂の指摘は正しいのだろう。

あの壁の持ち主は私の先祖か、それとも別の誰かだったのか、それは時々で違っていたのだろうが、結局、彼らがしてきたことは同じだったのだろう。新しくやってきた異端者は、自分たちこそ正しい教えを守っていると信じて、古い時代の異端者を排斥していった。

「ウワヌリという名前に全てが込められているんです。罪の上塗りですよ」

その言葉を最後に添えて、蠅坂はこちらとの連絡を絶った。

私は蠅坂の忠告を無視し、またもウワヌリの前へと至り、今度は準備してきたスコップで大きく壁の一部を崩した。その一振りが空気を裂き、唯一の光源である蠟燭の火を揺らした。

ごそり、と厭な音を立ててウワヌリが剝がれた。

私はそこから新たに現れたものを見て、思わず笑ってしまっていた。

新たな白骨死体が躍り出た。

それも今回の死体は今までとは違う。未だ茶色に変色していない、まっさらな白い骨だった。それが現れたことで、今となってはボロボロに崩れたウワヌリが、少しばかり綺麗になったように錯覚してしまった。

ウワヌリは結局、この家と同じだった。

いかに表面が鏡のように澄んでいようとも、それは忌まわしい歴史を塗り込めたものに過ぎない。この家にあってシンプルな場所など存在しなかった。この家が経た歴史と同じように、この壁も幾度となく改修を遂げ、その度に過去の信仰を亡きものとしてきたのだ。不都合な真実を覆い隠そうとして、私の先祖はここに全てを詰め込んできた。

それなら、この壁を自分の思い出の写し絵にした自分は何だというのだ。いくら身綺麗にしようが、その奥には得体の知れないものが塗り込まれている。

私はウワヌリから現れた真新しい白骨死体を丁寧に並べ、その横に紫色の座布団を敷いて壁に正対した。いや、既に壁とも呼べない、崩れ果てた瓦礫の山であった。

その瓦礫の向こうに、ぽっかりと暗闇が広がっている。私は過去をなぞるように、その暗闇に向けて理想の自分の姿を映してみた。そこでの自分はウワヌリなどというものに執着することもなく、父と妻とで幸せに暮らしていた。

ポロポロと壁の奥が崩れていく。砂礫が落ちていった先に小さな光の点が現れ、それは次第に大きな穴となっていく。

その穴の向こうに、私の姿があった。

穴の向こうの私は酷く憔悴し、こちらを憐れむように見つめている。私はその幻を振り払いたい一心で、必死に「お念仏」を唱えていた。目を瞑り、何度もその言葉を繰り返す。

どれくらいの時間が経ったのか、頬に風が当たるのを感じて目を開けると、壁にできた大穴から外の光が差し込んでいた。裏庭の彼岸花が揺れていた。

どうやら何度も掘り返したせいで、ウワヌリに穴が空いてしまったらしい。

様々なものを塗り込めた厚い壁は、その歴史を全て明らかにするのと同時に、壁としての役目も終えてしまったようだった。穴の先には外の風景が広がり、また幾百年と閉じ込められていた空気が通り抜けていく。

つまり壁とは内と外を隔てる存在だった。外から来たはずの教えは内となり、さらにその内へ、内へと閉じこもり、やがて異端となって一つの壁に集積していった。

それが今、ウワヌリは壁でなくなり、単なる瓦礫へと変わった。

既に閉じ込めておくべきものは何もない。

私は笑いながら、その壁に生まれた穴に手を入れ、次から次へと砂礫を掻き出していく。

この穴から外に出た時に、ようやく私は全てを捨てられる気がした。

*

父が他界すると、その葬儀は実家で執り行うことになった。

ウワヌリのある部屋を使うこともなく、祖母の時と同様に居間に遺体を置いて湯灌を受けさせた。檀那寺の僧侶が呼ばれ、いつかと同じように枕経を上げて貰った。

隠し念仏なるものは、こういった表の宗教に対して、個々人が内に秘めていた信仰だったという。恐らくは他の異端の教えも同様だろう。

厚い壁の中に真実を隠して、外側だけを真っ白に磨いておく。その奥にあるものは誰にも知られることがない。私自身がシンプルに生きているのと同じだ。中でどれほどに混沌とした思いがあろうとも、それを外に悟られないように生きていく。

そして私は実家から離れた。

後の処理は教育委員会に一任した。ウワヌリなる信仰の場は無くなってしまったが、建物自体の価値は残っている。有形文化財として登録することはできるだろう。

父の葬儀を終え、久方ぶりに仙台の自宅へと帰る。長らく無人となってしまった我が家だった。まずはリビングの掃除から始めようと、何気なく雑巾を手にした。

その壁に黒いしみを見つけたのは偶然だった。あらかた拭き取っていたと思っていたが、たまたま目に入らない場所に残っていたらしい。

私がしみを拭き取ろうと壁に手を伸ばした瞬間、不気味な音を立てて、黒いしみを中心に大きな亀裂が走った。

思わず息を呑む。

それは幻だったはずだ。何もない我が家の新しい壁に、どうして自分の顔が映り込む。亀裂の間から視線を寄越すものはなんだ。

私は自宅の壁が、何よりも恐ろしいもののように感じてしまった。

ウワヌリのことを思い出す。あれは過去の罪を塗り込めたものだった。祖母もそれを知っていた。祟りを恐れて、それを強い祈りの力で封じ込めようとした。

それなら私も同じようにすれば良い。

私は父の遺骨を砕き、セメントに混ぜてモルタルを作った。我が家の壁にできた亀裂を覆い隠すように、それを上から塗りたくっていく。

これで大丈夫だ。大丈夫だ。

私は塗りたての壁の前に座り、静かに「お念仏」を唱え始めていた。

一八九七年‥龍動幕の内

1

ここは世界の全てがある場所、つまり大英博物館である。

大英帝国の威光も燦然《さんぜん》たり。七つの海を渡り、世界のあらゆる地域を踏破した帝国だ。この国の冒険家達は、それぞれの地域から貴重な資料を持ち帰り——略奪したと言ってもいいだろう——それを巨大な博物館に収めた。言ってしまえば、子供の頃に綺麗な石や奇妙な虫を拾い集め、家に帰って玩具箱《おもちゃばこ》に詰め込んだことの、全世界規模のものなのだ。

かのロゼッタストーンはもとより、無数のミイラにラムセス二世の胸像やらの古代エジプト美術、翻って地中海ギリシアの神殿遺物にエトルリア美術、古代ローマの花瓶が並び、アッシリアの彫像が出迎え、輝くのは古代ウルの金杯、または大陸先史時代の石器に青銅器、鉄器が時代ごとに分けられ、アフリカの投げナイフ、あるいはアメリカ先住民のレリーフが掲げられている。

自然の歴史《ナチユラルヒストリー》の語を、取りも直さず自然史学などと訳さず、博物学と訳したのは慧眼《けいがん》であろう。とにかく物を蒐《しゅうしゅう》集し、博《ひろ》く知るのが目的であるから、これは博物学で結構だ。それも、ただ知るのではない。陳列棚の中で渾然一体となった、人類史と自然史のエッセンスを取り出し、そこから秩序を見出し、新たな知見へと繋げていくのだ。

さて、そんな場所で何をしているかと言えば、まさにイースター島のモアイなる巨像の下で友人を待っているのだ。

休日の午後だから博物館を訪れる人も多いが、こちらの居場所が解《わか》らないといったことはないだろう。なにせ周囲はポッカリと穴の空いたように、人が避けて通っているからだ。それもそのはずで、普通の東洋人ならいざ知らず、この南方熊楠《みなかたくまぐす》、今は袈裟《けさ》を纏《まと》った僧侶姿なのだ。

自ら言うのも憚《はばか》られるが、齢未だ三十に差し掛かろうというところだが、堂々たる様には一廉《ひとかど》のものがあると自負している。この青年僧然とした威風に英国人達は萎縮《いしゅく》しているのだろう。よって彼らは奇妙なものを見るように、こちらにチラチラと視線を寄越し、またはは部屋の隅でヒソヒソと話し合っているのだ。不審者のように見られるのは慣れたが、かといって腹が立たない訳でもない。

「ああ、ミナカタ」

　ここで英語での呼びかけがあった。振り返れば、そこに年かさの西洋人がいる。誰あろう、この大英博物館の考古学部長たる男だ。

「ダグラス、逸仙《いっせん》はまだ来ていないか？」

「先に私の研究室に寄っているよ。すぐに来ると思う」

　それは単なる報告だったが、この光景に周囲の雰囲気が変わった。「なんとも偉い人物と対等に話しているな。どうやら、あの日本人は只者ではないらしい」という、実に英国人らしい態度の変化だった。

　チラと周囲に視線をやれば、先頃まで訝《いぶか》しげに見ていた西洋人が取り繕うように姿勢を正した。どうも、こちらが敬虔な仏教僧であると心得たのか、彼らはどこかで覚えたのであろう合掌をしてから去っていく。

　こちらは単なる一般人なのだから、これは全く誤解であるが、けれども高潔な僧侶に見えたのなら然《さ》もありなん。言うなれば自然と文化に奉ずる現代のドルイド僧だ。学者と名乗るのはおこがましいが、それくらいなら名乗っても良い。

　そもそも、この立場とて曖昧なものだ。

　思い返せば数年前、イギリスに渡った直後に『ネイチャー』誌へ論文を寄せる機会があったのだ。「極東の星座」などと題したそれは、こちらとしては、幼少の頃より学んできた本草学の知見を披露しただけなのだが、英国人にとってはウケが良かったらしく、ロンドン大学の事務総長やら、大英博物館の部長やらと知り合う結果となった。

あとは気ままなトントン拍子。何より勉強ができると思って大英博物館に通っていただけだが、東洋美術の目録作りや仏像の鑑定などに手を貸すようになり、いつの間にやら内部の人間となってしまった。館員になるよう誘われもしたが、そこは志高き留学僧、自由な身分の方が良いと思って断った。

そうした訳でダグラスはもとより、他にも大英博物館を訪れる要人とも知り合う機会に恵まれた。

例えば、この袈裟を贈ってきた土宜《どき》法龍《ほうりゅう》がそうだ。彼の真言僧は万国宗教会議なるものに出席するほどの身分な訳だが、ひょんなことで知遇を得て意気投合、連日連夜、仏教学問の真髄を問い交わす仲となった。そんな彼が先般パリへ旅立つことになり、別れの挨拶代わりに袈裟を贈ってきたのだが、これは日頃からボロを纏って往来に繰り出していたことへの遠回しな皮肉だろう。

そして、今日もまた新たな友人と会う。

ダグラスの紹介で知り合った仲だが、この遠く離れた異国の地で何よりの友情を交わした。彼は清国人でありながらも進取の気風に富み、英国に学んで、故国の窮状を救わんとする好人物であった。喩えるなら、丁髷《ちょんまげ》を落とした明治の維新志士に対して辮髪《べんぱつ》を落とした志士である。

「ミナカタ君！」

ここで清爽な気配が場に満ちた。風のように涼やかで軽やかな声があった。仕立て上げた洋装に刈り込んだ髪、結んだ口元には短い口ひげ。垂れ気味の目には柔和さ、そして聡明さ。

「逸仙！」

二人して歩み寄り、僅か二日越しの再会を喜んで肩を抱いた。僧衣の日本人と洋装の清国人が、大英博物館のモアイ像の前で語らうのだ。これほどに奇異なものはあるまい。

「ミナカタ君、君と話したいことが多くあるよ」

そう言って異国の友人——孫文《そんぶん》こと孫逸仙が微笑んだ。

かくして二人で書籍室へ入り、色々な文献を当たって西洋における東洋美術の歴史を鑑みようという運びとなった。こちらが鑑定の依頼を受けていた仏像を取り出せば、逸仙は資料を持ち寄って、やれ光背がどうだ、指で結んだ印契はどうだと検証していく。

なんとも楽しい時間であったが、それが一段落したところで、ふと逸仙が涼しげな視線を送ってきた。

「時に、ミナカタ君。君は神仏を信じるかい？」

不思議な問いであった。彼の友人は性格も穏やかで、こうした問答は好まぬ質だと思っていた。この法衣姿も数度は見ただろうから、熱心な仏教徒と誤解した訳でもあるまい。

こちらが考えあぐねていると、逸仙は微笑み、それが経典に記された第一義であるかのように答えてみせた。

「僕はね、神仏を信じないんだよ」

「そりゃ君はそうだろう。君はクリスチャンだからな」

「簡単に言ってくれるね。僕は別に、唯一神がいるからアジア的な神仏を否定している訳ではない。システムとしての教義は重要だけど、そこに絶対的な神秘があるとは思っていない。ましてや、それに疑問も抱かずに従うことは良くないと思っている」

ふむ、と息を吐く。この友人から、こうした深い問いかけが出てきたことを嬉しく思った。こちらの感情を読み取ったか、逸仙は子供が宝物の隠し場所をそれとなく示すような、なんとも無邪気な笑みを見せてきた。

「僕は子供の頃ね、村で崇められていた神の像を壊したことがある。本当に神様がいるなら、子供によって破壊されることも防げるだろう、ってね」

「神を試すなかれ、だぞ」

「当意即妙だね。いや、今にして思えばその通りだ。結局、古い信仰であれ、村人達にとっては重要なシステムだったから意味はあったのだよ。でも、子供の僕には疑問だった。ただ先祖達が昔から信仰してきたからという理由で、古いシステムにすがるのは愚かに思えたのだ」

「なんとも革命的な思想だな」

息を吐いて腕を組んだ。この友人の弁舌には聴衆を魅せる爽やかさと理知がある。

「逸仙、君の言う古いシステムの最たるものが清朝だろう」

「その通り。僕は故郷を愛しているけれど、愛しているからこそ、安らかに死を迎えて貰いたい」

二年前、日本と清との間で戦争が起きた。その頃には二人とも海外にいたから、全く海の向こうの出来事だったが、その勝敗は二つの国の行く先を運命づけたらしい。

つまり近代化した日本はこれよりも躍進し、旧弊的な清朝は滅びゆくだろう。これぞ時代の転換点。逸仙もまた、その機運を感じ取ったが故に、故国を作り変えようとしているのだ。

「しかしだ。そんなことばかり言うから、君は清の大使館で軟禁されたのだ。去年の事件のことは、僕もニュースは読んだぞ」

「だが僕は無事にここにいる。それは清のやり方が間違っていて、僕のやり方が正しかったことの証拠だよ」

「言ってくれるな、革命家。さて、ようやく僕の答えだが、僕は一般的な神仏はいないと思っている。かといって君のように、信仰がシステムだという風にも思わない」

ほう、と今度は逸仙から息が漏れた。仏像に触れていた手を自らの口元にやり、こちらの答えを傾聴しようと身を乗り出してくる。

「僕が唯一、神仏として崇《あが》めるとしたら、それは華厳経《けごんきょう》なんかで説かれる大日如来だ。これは仏ではない。釈迦《しゃか》が至った悟りの境地そのもの、いわば全宇宙の真理だ」

「なるほどね。君は人格神ではなく、汎神論の世界を尊ぶ訳だ」

「いかにもだ。そして、この真理たる仏はシステムではない。何故なら、地球上から人類が絶滅しようとも、真理は未来永劫に渡って存在し続けるからだ。太陽は人間がいなくとも輝く」

「結構なことだ。しかし、文化を研究する君が神仏を簡単に否定したのは驚きだな」

「いや、否定はしていない。この世界で人々が崇めている、あらゆる神格は真理という光によって生まれた、個人あるいは民衆の精神の影だ。影に実体はないが、だからといって存在していない訳じゃないからな」

　ここで逸仙から短い拍手が送られてくる。それが問答の終わりを意味していたと解ったから、こちらもそれに応えて手を叩く。お互いの見識を表彰しての称賛だった。

「相変わらず、ミナカタ君は煙《けむ》に巻くのが上手いな。僕も随分と勉強してきたと思ったが、そういう弁舌では君には敵わない」

　さて、と逸仙が笑顔を改め、ここで厳かな調子を作った。今までの会話は全て、この後に続く言葉への前置きだったと気づいた。

「一つ、奇妙な噂を聞いたのだ。僕はそれをミナカタ君に話したい。ハイドパークに現れる〝天使〟についての話だ」

　天使、と思わず聞き返してしまった。逸仙が英語を間違えたのかと思ったが、どうやらそれは間違いなく神の使徒たるエンジェルのことらしい。

「これは僕も最近聞いたばかりなのだけど、あの公園には夜になると〝天使〟と呼ばれる存在が現れるらしい。比喩なのかも解らないが、それは名前の通り、神の実存を訴え、聴衆の呼びかけに応じて聖書の語句を唱えるとのことだ」

「なんだ、そんなもの。もとよりハイドパークには演説家が集まっているだろう。大方、暇な牧師が聖書片手に野良説法をしているだけだ。それも〝天使〟などと自称するペテン師だ」

「冷静に考えればそうだけど、どうにもペテンだと言い切れない部分がある。話によれば、その〝天使〟は光を放ち、高い木の上を自在に飛び回っているそうなのだ」

「なんと、それは面白い」

そう言われると俄然、その〝天使〟とやらに興味が湧いてきた。まさか本物の神の使徒が現れるとは思わないが、それでも人々が噂するだけの実体があるのなら。

「ミナカタ君なら、そう言ってくれると思ったよ。そして君は、僕と同様に神仏を単純には信じない。だからこそ、こう誘いたい」

逸仙がこちらに手を差し伸べる。夜の湖畔へ何気なく恋人を誘うように、密やかに。

「僕と〝天使〟を捕まえに行こう」

2

そうして、その日の晩には即席の天使捕獲隊が結成されたのだが、ここに二名ほど新たな参加者があった。

「南方さん、それでハイドパークに〝天使〟がいるんだったね。とても興味深いですよ」

「若様、そんな胡乱《うろん》なことで夜歩きをなされるのはいけませんぞ」

洋装の日本人が二人。一人は潑剌とした面長の若者、もう片方が真四角のサイコロに分厚い口ひげを生やしたような壮年男性だ。いずれもロンドンで知り合った仲だが、彼らの経歴も実に面白い。

若者の方こそ誰あろう、紀州徳川家の世子にして英国留学中の徳川頼倫《とくがわよりみち》で、その背後で老中のように控えるのが元紀州藩士の鎌田《かまた》栄吉《えいきち》だ。共に遊学の身だが、同じ和歌山の出身かつ、こちらが英国暮らしの先輩であるから、日頃より何かと便宜を図っている間柄にある。

「いやいや、鎌田よ。そう固いことを申すな。他ならぬ南方君がだぞ、あの孫文氏と連れ立って〝天使〟を捕まえるという。これは何か深遠な理由があるに違いない」

ぐむむ、と鎌田が呻く。四角四面の顔を傾げる様子など、サイコロを転がして出目を変えるような趣きがある。

「それはそれとしてだ。南方さん、アンタ、なんというか臭くないか？」

夜の路地を歩く中、いきなり鎌田から暴言が飛んできた。普段なら怒るところだが、この真面目な男がこちらに興味を持ったことを嬉しくも思い、ここは不問にしておく。

「よく気づいたな、鎌田さん。実はな、僕はこの法衣の内側でカビを繁殖させている」

この答えに鎌田が吹き出し、逸仙と世子の二人が「ほう」と唸った。

「ふ、不潔な！　南方さん、そんな洗濯もできぬ暮らしぶりだというなら、何かこちらも力になってやるというに」

「いや結構。これも研究なのです。この時期のロンドンで、どんなカビが繁殖するか確めておるのです。実に凄いですぞ。この間などキノコも生えてきた」

ばさり、と法衣の裾をめくってみせれば、そこから埃とカビの胞子が飛び出し、パラパラと小さなキノコが路地に落ちた。これには鎌田も仰天し、鼻をつまみ、また咳き込んで、なんとも蔑んだ目つきで睨んでくる。一方の逸仙と世子は笑うばかり。

「やはり、ミナカタ君は面白いな」

さて、しばらく四人で夜のロンドン市中を歩いた。濡れた石畳を打つ靴音は三つ。一人だけ草履だから、これはビタビタと妖怪じみた足音を響かせている。ふと見れば、霧にけぶる街並みにはポツポツと商店の洋燈が光り、顔も解らぬ無数の人影が、それぞれ馴染みのパブへと吸い込まれていく。

「それで、ミスター孫。その〝天使〟というのは、公園のどこに現れるのですか？」

若殿の無邪気な言葉に逸仙も口元を緩める。

「決まってはいません。夜毎に居場所は変わり、どれも高い木の上に現れるという。ですが見つけるのは簡単だと思いますよ」

そう言う逸仙には方策というか、何か〝天使〟を見つけるあてがあるらしい。

「ほら、見て下さい。いよいよ公園の入り口についた訳だけれど、既に〝天使〟は姿を見せているようだ」

逸仙が前方を指し示す。夜の公園には鬱蒼とした木々の影が広がり、遥か彼方の背景に星空がある。しかし、その小さな星明りを掻き消すように、地上では無数のランタンの光が乱舞していた。

路地を打つ蹄の音が溢れる。公園前の通りに今しも、無数の馬車が往来している。いずれも小型の二輪辻馬車《ハンサム》だから、乗客はその辺で急いで乗り込み、ここへ駆けつけたものと見える。

「見て下さい、やはり相当に噂になっているらしい」

逸仙が左右より迫る辻馬車を華麗にかわし、いち早く公園へと入り込めば、悠然とこちらを手招きしてくる。彼の言葉の通り、公園の入り口にはランタンを提げた人々が溢れていた。

「彼らも〝天使〟を探しているのでしょう。誰よりも早く見つけ、誰よりも早く〝天使〟

の言葉を聞くつもりなのです」

四人揃って夜の公園を進む。黒々とした木々の間からランタンの光が漏れ、それらは鬼火のように揺れ動いていく。あの光の数だけ野次馬が存在し、それが全て同じものを目指しているのだ。

「女も男も、子供も大人も、労働者も貴族も、英国人もインド人も東洋人も、誰もが〝天使〟を一目見ようと集まっているのですよ」

どこか陶酔するように、逸仙は光となって動く人々を見回し、彼らの道行きを祝福した。野次馬根性を嘲るのでもなく、そこにある純粋な好奇心を讃えているようだった。

やがて無数の光が、園内の一方向を目指して集結しつつあるのが見えた。世子と鎌田も頷き合い、こちらと一緒になって光の軌跡を追った。

「ああ、これは凄い」

世子が感嘆した。それも宜なるかな。公園の一角に、これでもかと人が集まっていた。押し合い圧《へ》し合い、英語で罵声が飛べば香港語で返答がある。ランタンを掲げる者もいるが、既に祭りの風景にも似た光の熱狂だ。今更に明かりを求める必要もない。

「まるでサーカスの見物客だな」

呟きつつ辺りを確かめれば、多くの群衆が一本のニレの木に視線をやっているのが解った。彼らは首を上へ向け、その樹上にあるものを仰ぎ見ているのだ。

「なるほど、あれが〝天使〟か」

それは高い樹上に腰掛けた人の姿だった。

ただし人間かどうかも定かではない。何故なら、その人影そのものが淡く緑色の光を放ち、肉体の陰影のみを浮き上がらせているからだ。そして、まさしく〝天使〟とでも呼ぶべき、二対四枚の羽が背中より大きく伸びている。

「凄い、凄いぞ鎌田。ええ、南方君、僕は〝天使〟を初めて見たのです！」

世子の喜びようはひとしおで、度肝を抜かれている鎌田の肩を何度もゆすっている。ふと逸仙の方を見れば、彼も興味深そうに見ているが、すぐさま〝天使〟を神秘であるとは認めないようだった。

「どうだ逸仙、あれは暇な牧師だろうか」

「どうだろうね。奇術師のデモンストレーションかもしれない。いずれにしろ、人間の悪ふざけの可能性があるよ」

群衆のざわめきの中、樹上でひっそりと佇む〝天使〟を見ていると、そこで世子の素っ頓狂な声が上がった。

「見たまえ、鎌田。菓子売りがいる。あっちにアイスクリンの屋台があったのだ。是非とも皆で賞味しよう」

既に見物人に紛れつつある世子に対し、鎌田は大慌てで駆け寄り、こちらも二人で苦笑した。なんとも商魂たくましく、人混みの端では菓子やら雑誌やらの物売りが集まっているのだ。

そうして四人でアイスクリンを買うことにした。大仰な機械が据え付けられた屋台の脇では、今も一人の少年が退屈そうに働いており、言われた分だけのアイスをガラス容器《ペニーリック》に乗せていく。今や大衆向けの存在だが、こういう場で食べるアイスは格別である。四人で横並びになってアイスを舐めれば、甘さに頬が綻び、冷たさに脳髄が痺れるというものだ。

「おっと、何か動きがあったみたいだ。ほら、ミナカタ君」

逸仙が口ひげのアイスを拭いつつ、樹上の〝天使〟を顎でしゃくって示す。群衆の盛り上がりも最高潮。いよいよ噂の〝天使〟が何か言う段となった。

——神は。

その文言が聞こえた時、半数の人が歓声を上げ、もう半分が疑問を抱いて罵声を飛ばした。それはどことも知れぬ場所から聞こえてきたが、およそ人間の声とは思えなかった。しわがれた老人の声にも聞こえ、または蛙の鳴き声のような不格好なものだった。

——貴方達を導くために私を遣わせた。

いよいよ異様な雰囲気となり、群衆は口々に〝天使〟へ向かって声を張り上げていた。神の実在、自分の将来、英国の行く末、ありとあらゆる欲望と願いが渦巻き、それらが言葉となって〝天使〟に投げつけられた。

――答えよう。まず、そこの男。

一瞬、その場に静寂が訪れた。一体誰が選ばれたのか、人々は周囲を見渡し、栄誉ある者を探し求めた。やがて一人の男が、自らの肩が仄かに光っていることを発見し、それを証拠として大声を出した。

「これは面白い見世物だよ、ミナカタ君」

逸仙の囁きの中、ニレの樹下に進み出た男性が自らの悩み事を打ち明け始めた。事業に失敗し、自殺すべきか悩んでいるという。それに対し、光を放つ〝天使〟の像は少しばかり位置を変えてから、やがて静かに声を発し始めた。

――主は愛する者を訓練し、受けいれるすべての子を、むち打たれるのである。

おお、と人々から声が漏れた。男の悩みに〝天使〟は聖書の語句で答えてみせ、その苦しみに寄り添った。男もすがるように手を組み、その救いを受け入れたようだった。

「あれをどう見る、逸仙」

「ヘブライ人への手紙、十二章六節。牧師なら誰でも答えられるような内容だよ。もしも奇術師なら、あらかじめ仲間を見物人に混ぜておけばいい」

こちらは二人で冷静に事態を見守っているが、横でアイスを舐める世子と鎌田は心服しているようで、この奇跡に目を輝かせている。

――次は、そこの男。

再び〝天使〟から指名があった。人々はケーキの中に隠された陶人形《フェーヴ》を探し求めるように、なんとも幼稚な熱狂に包まれていた。やがて祝福の王冠を手にした一人が、仄青く光る右手を掲げてみせる。

「んん？　あの男、見覚えがあるぞ」

そう言ったのには訳がある。今しがた、高らかに返事をした男は日本人なのだ。それも、つい先日に知り合ったばかりの。

「あれは確か、富士艦の斎藤少佐だぞ」

それは渡英中の帝国海軍の人間だった。よくよく見れば、彼の横には二人の水兵の姿がある。どうやら彼らも〝天使〟の噂を聞きつけ、この野次馬に加わったとみえる。飲み屋で乱闘騒ぎを起こすよりは、よっぽどに穏当な遊び方であった。

「私には妻がいます」

ここで斎藤少佐が丁寧な英語で〝天使〟に語りかけた。

「私は今、仕事でイギリスに来ています。妻は日本で私を待っています。彼女のことが心配です。私は彼女を愛しています。どうか、彼女の無事を祈らせて下さい」

それは疑問ではなく願いであった。斎藤少佐は愛する妻を心配するあまり、耶蘇教《やそきょう》の教えなど無関係に、辻立ちの占い師に相談するような心持ちで言葉を吐いたのだ。しかし、その愛溢れる告白に、聴衆も穏やかな拍手を送った。無分別な日本人を軽蔑する野次もあるにはあったが、そういう手合は他の紳士達に制止されていた。

――天地創造の初めから、神は人を男と女とに造られた。

「マルコ福音書、十章六節」と逸仙が呟いた。

――彼らはもはや、ふたりではなく一体である。

その言葉に群衆が歓声と口笛を漏らした。質問した当人である斎藤少佐も、妻の気持ちが離れないことを〝天使〟によって確かめることができた。左右の水兵達に背を擦られながら、彼は安堵の笑みを浮かべている。

「あれは僕の知人で、それに誇りある帝国海軍の軍人だ。よもや奇術師に誘われて、ペテンの片棒をかつぎはしないだろう」

ふむ、と逸仙。無邪気に喜ぶ世子と訝しげな鎌田を置き去りにし、つかつかと歩いて群衆を掻き分けていく。彼が斎藤少佐に話を聞くだろうと解ったので、こちらもその後についていく。

「斎藤さん、斎藤さん」

すぐに伝わるよう、あえて日本語で呼びかけた。その声を聞くや、斎藤少佐は喜びの笑みをサッと隠し、生真面目な軍人の表情を作った。歳は十ほど上だが、彼には若侍のような風格がある。

「や、まさか。南方さんか」

知人もいない英国での余興だったはずだ。斎藤少佐にとっては、かき捨てたはずの旅の恥を、よもや日本人に拾い上げられるとは思わなかったことだろう。

「実に良い愛の告白でしたよ」

「むむ、お恥ずかしい」

なおも人混みは声で溢れている。あちこちから〝天使〟に新たな疑問が投げかけられているが、こちらは小休止、逸仙と共に斎藤少佐と談話するに至った。

「しかし、孫文殿も来られているとは」

「面白い噂を聞いたので、僕がミナカタ君を誘ったのです」

そこで斎藤少佐が左右の水兵を紹介してきた。共に英国に渡った機関工で、それぞれ鈴木と望月と名乗っていた。

「さて、斎藤さん。貴方もまさか、あれが本物の〝天使〟だとは思っていないだろう」

そう尋ねれば、彼は「その通り」と答えてから、面目なさそうに頭を掻いた。

「大方、どこかの牧師か占い師だと思っておりましたがね、どうも最近、日本に残してきた妻のことばかり考えてしまい、塞ぎがちになっていたもので」

なるほど、と頷く。いわゆる懐郷病《ホームシック》というやつだろう。それを癒やす手立てとして、胡散臭いとは知りつつも〝天使〟なるものに頼ったのだろう。故郷を離れて十年近く経った身としては、そういった情はとうに捨てたのだが、昔日《せきじつ》を思えば、斎藤少佐の行動も理解できないでもない。

「それでだ、逸仙。この斎藤少佐は全く無関係に〝天使〟に選ばれたようだ。ならば、あれは人を騙すつもりもなく、やはり野良説法をしているだけではないか」

そう言って隣の友人に語りかけるが、彼は未だに承服しかねるようで、樹上へ鋭い視線を投げていた。

「ミナカタ君。近くで見て解ったが、あれは人間ではないよ」

「ほう、なら何だと言うのだ。本物の〝天使〟かい？」

「いや、もっと人間じみた、しかし人間ではない何か、さ」

逸仙が呟いた直後、人々からワッと驚きの声が上がった。誰もが樹上を見上げている。

それにならい、こちらもニレの木へ視線を送れば、そこに一層の輝きがあった。

——今日の言葉は、ここまで。

そう〝天使〟が宣言すると、四枚の羽がにわかに動き、その薄緑色に発光する人影はフワリと中空へと飛び上がった。

「飛んだ、飛んだな！」

思わず叫んでいたが、その驚きぶりは周囲の人々も同様だ。口々に奇跡と神秘を訴え、ハイドパークの夜空を飛ぶ〝天使〟の影に歓声を送っている。

ボウっと、ここで飛びゆく影が強く光を放った。一瞬の煌めき。彗星のように〝天使〟は夜空で閃いたかと思えば、それは花火の燃え落ちる如くに全く消失してしまった。

「信じられん。消えたぞ」

この瞬間まで、あの〝天使〟は人間だと思っていた。しかしそれが、およそ人間では不可能な、空中飛行と瞬間消失をやってのけたのだ。それこそ奇術師であれば可能かもしれないが、だとして何を目的として人々に聖書の語句を聞かせるのか。溢れ続ける疑問に、やおら興奮してしまう。そういう質《たち》なのだ。

とはいえ、これで今宵の降臨は終わったのだ。群衆も三々五々、その奇跡を語らいながら公園を後にしていく。人混みが消えて残ったのは世子と鎌田、そして斎藤少佐達だ。

「これは一見の価値があったよ。斎藤少佐もそう思うでしょう」

「ええ、ええ。私も実に満足です」

などと言って、世子と斎藤少佐が感動を分かち合っている。それとは反対に、逸仙だけが唇を曲げ、目を細めて〝天使〟が消え去った後の樹上を睨んでいた。

3

事件はそれより半月ほど後に起こった。

帝国海軍の水兵、あの夜に出会った鈴木という機関工が亡くなったというのだ。

それは悲報であったが、どうしてそれを伝えてくるのか、下宿先を訪ねてきた水兵に問えば「艦長が南方さんにお話を伺いたいとのことで」なる答えが返ってくる。

そういう訳だから、朝早くから汽車に乗り込み、富士艦の停泊するティルベリードックを目指すこととなった。

やがてテムズ川畔に辿り着けば、まず戦艦の威容が目に入ってきた。長く伸びたマスト、二基の大煙突、分厚い鉄の装甲、そして巨大な砲門。これぞ近代的《モダン》な艦船の花形である。

そもそも富士艦というのは、英国製の戦艦であって、軍備増強を図る日本が新たに買い付けたものだった。帝国海軍の回航委員が遠路はるばる英国までやってきて、これに乗って日本に帰るというのだからご苦労なことだ。

などと思いつつ、水兵の案内を受けて艦内へ。真新しい鉄の配管と機関部の独特の冷たい臭い。その狭苦しい通路の先、以前にも訪れて歓待された艦長室へと入る。室内を見れば机の前に一人、長椅子にも一人が腰掛けていた。

「わざわざ来て貰って、かたじけないね、南方さん」

そう切り出したのは艦長である三浦功《みうらいさお》大佐だ。分厚い頬髭は昔ながらの船乗りの風貌だが、それもそのはず、あの宮古湾海戦にも参加したという歴戦の勇士だ。

「艦長、そこから先は私が話しますよ」

そう言って、長椅子に座るよう勧めてきたのは津田三郎《つださぶろう》少佐だ。これは和歌山出身の男で、旧知の同郷人であったから、英国に到着して早々にこちらを頼ってきた縁がある。

「南方君、君はハイドパークの〝天使〟を知っているかい？」

その実直な知人が、いきなり胡乱なことを言い出してくるものだから、これには唇を曲げて驚きの意思表示。

「いや、急にすまんね。先に死んだ鈴木についての話なのだが、実は彼はハイドパークで亡くなっていたのだ。不審な点はない。検分によると、高い木から落ちて頭を打ったようだ」

「高い木？」

　ふと疑問が湧いたが、津田少佐はこちらの意を汲み、言葉を続けてくれた。

「そうとも。そこで〝天使〟の話が出てくる。斎藤少佐から話を聞いたが、彼らはハイドパークで木の上に佇む〝天使〟を目撃したというじゃないか。どうやら鈴木は、その〝天使〟見たさに、何度か夜にハイドパークを訪れていたらしい」

　その言葉に息を吐く。腕を組んで不幸な若者のことを思った。

「津田さん、それなら話は簡単だぞ。その鈴木某は樹上の〝天使〟の正体を確かめんとし、夜の暗い中で木に登り、不幸なことに頭から落ちたのだ」

「まさしく。私らもそれで結構と思っております。対外的には、単なる事故と公表するでしょう」

「何か気になるものでも？」

　そう半目で尋ねれば、津田少佐は懐よりハンカチの包みを取り出してくる。それをテーブルの上で開けば、そこには一つの小石があった。

「これはね、鈴木が手で握っていたものです。死の際に握りしめたらしいが、周囲には似たような石は一つもなかった。これだけ、これ一つだけが不審なのです」

「ふむ、何かの鉱石にも思うが」

「そこです。南方君、貴方は鉱物やらに詳しいと聞いた。どうか知恵を拝借したいんだ」

なるほど、と唸った。

津田少佐、というか回航委員の上層部は鈴木某の死を騒ぎにしたくないらしい。現場には無いはずの石を握って絶命したとあれば、別の場所で殺され放置されたと考える向きもある。そうなれば最後、この国の記者が醜聞に飛びついてくるかもしれない。

そこで艦長の方が、大きく頬を膨らませてから息を吐いた。風神の吐息にも思える、なんとも豪快な溜め息だった。

「私らは、数日後に行われる観艦式の準備をしなくてはいかんのです。女王陛下の五十周《ジュビ》年記念《リー》だから、そこで変な憶測が飛ぶのは実に宜しくない」

「つまり、貴方らは僕に調査をお願いしている訳だ。この石の出処を探す、よしんばハイドパークで同じものが見つからずとも、近くで似たものさえあれば良い、と」

いささか不遜な物言いになったが、これに気を悪くする者達ではない。艦長の方もここで複雑な笑みを見せ、ただ一言。

「宜しくお願いしたい」

そして再び、ハイドパークを訪れたのだった。

既に日暮れ時、木々も芝生も黄金に染まっている。六月の夕日は暖かく、そこかしこで人々が憩いの中にあった。スピーカーズコーナーでは熱心に無神論を訴える演説家がいるが、それを聞く聴衆でさえも、今夜の〝天使〟降臨を待っているのかもしれない。

「不思議な石だね」

横を歩く逸仙が、例の灰色の小石を手にして微笑んだ。

折よく大英博物館で逸仙に行きあったので、彼も誘っての調査だった。鈴木の死は痛ましいが、その事故の原因を探ることは、彼の無念を晴らすことにもなるだろう。そう思っての同行だった。

「確かにこれは、その辺の小石ではないね。鉱山から採れる類の石だろう。鉱物に詳しいミナカタ君にも解らないのかい？」

「見たことがない。燐灰石の一種だとは思うが」

ひょい、と逸仙が小石を投げ渡してくる。それを手で受け止めつつ、良く似た小石が無いか芝生の上を観察する。

「ところでミナカタ君、例の〝天使〟について僕も調べてみたよ」

「ほう、何か解ったか」

横の逸仙には構わず、芝生に顔を近づけて観察することにした。腰を低くするどころか、犬のように這いつくばっての調査だ。並の知人なら呆れるだろうが、この友人は優しく見守っているだけ。

「あの〝天使〟の出現場所は様々だけど、決まって必ず夜のハイドパークだ。他で現れた試しはない。そして、聴衆の言葉を聞き届けて忽然と姿を消す」

「彗星のようにな」

「そこだよ。僕はそれが奇術だと考えた。あの体を光らせているのも視線誘導、つまり一つの仕掛けであったのだと。樹上の人物は何か光を放つものを身にまとい、それを遠くへ投げ、また発火させ、あたかも自分が消失したように見せかけたのだと」

「僕も同じように考えたが、違うのか？」

首を回して友人を仰ぎ見れば、彼は残念そうに首を横に振った。

「その仕掛けを使ったとしよう。それなら人間は樹上に残ったまま、人々が解散した後に露見しないように降りてくれれば良い。そこで僕は、あの〝天使〟をもう一度見に行ったのだ。そして〝天使〟が消えた後に木の方を観察した」

「面白そうなことをしたな。僕も誘えよ」

「すまないね、急に思い立ったから。それで、だ。結論から言えば、木から降りてくる人間は一人もいなかった。明るくなるまで待ってみたけど、驚くべきことに木の上は無人だった」

ほう、と一声。立ち上がって逸仙と並ぶ。

「では、やはり奇跡だな」

「残念なことに、そう考えた方が楽だね」

「ついに孫逸仙も敗北か！　これは愉快だ」

笑ってみたが忸怩《じくじ》たる思いもある。逸仙も薄く笑っていたが、未だに神秘であると認めるつもりはないらしい。例の〝天使〟と機関工の死が、一体どこまで結びつくかは解らない。しかし、何か大きな謎があることは確かだった。

ここで思わず「アッ」と叫んでしまった。別に何かに気づいた訳ではない。発見したにに発見したが、それは小石や〝天使〟ではなく、公園の隅で営業しているアイスの屋台だった。

「逸仙、ほれ見ろ。アイスの屋台がある。僕はな、どうも頭を使うと甘いものが欲しくなるのだ」

すわ脱兎のごとく駆け出し、その大仰な機械が据え付けられた屋台に近づいた。逸仙も後を追ってきたようだが、それより早く注文を済ませてしまった。

「君も食べるか？」

「いや、僕は胃腸がすぐれないから結構」

　愛想笑いを浮かべる逸仙は放置しておき、そうして手渡されたガラス容器に口を寄せれば、冷たく甘いアイスクリンの美味が口中に広がる。

「ん、そういえば」

　そこで新たな気づきがあった。アイス屋台の方を振り返り、容器を手渡してくれた少年を見やる。

「おい、少年。そういえば以前も屋台を出していたな。君はここで働いているのか」

　急に話を振られたことに驚いたのか、その少年は濃い眉毛を吊り上げてみせる。

「あの〝天使〟が出現した時だ。いつもいるのか？　だとしたら商売上手だ。この時期はアイスが食べたくなるからな」

「別に、俺は人から雇われただけだから」

　余計な話をしたくないのか、少年はそっぽを向いてしまった。こちらとしても、特に話す用事はなかったから、後はアイスの容器を返却すれば会話は終了だ。

　しかし、ここで逸仙の方が興味を引かれたのか、話に割り込んできたのだ。

「ねぇ君、その屋台は君が一人で運んでいるのか？」

逸仙が気にしていたのは巨大な屋台の運搬方法だった。下部に車輪がついているから、路地まで曳けば人間の力でも運べるとは思うが、さすがに少年一人では骨が折れる重量だろう。

「俺は店番だよ。仕事が終わったら、別の人と一緒に運ぶ」

「そうか。実に偉いね。最後に君の名前を聞いてもいいかな？」

「アーサー・ヘンリー・ウォード」

最後に逸仙は「ありがとう、アーサー」と声をかけ、働き者の少年にシリング銀貨を数枚渡してやっていた。なんとも太っ腹だ。

「さぁ、行こうかミナカタ君」

そう言って立ち去ろうとする逸仙。彼の背を追ってみれば、何かしら真相を摑んだのだろう、その振り返った顔に不敵な笑みがある。

「何か解ったみたいだな」

「ああ、今夜にでも〝天使〟を捕まえられそうだ。とはいえ、あと一つだけ謎が残っているのだけど」

おや、と、そこで逸仙が顔をしかめた。こちらを指差してくるので、その先を確かめれば、先頃より握っている小石があった。

「ミナカタ君、それだ。それが最後の謎だ」

まさしく夕日が沈む瞬間だった。辺りに薄闇が満ちていく、その時間の切れ目に奇妙な光があったのだ。

手元の小石が、淡く緑色に光り始めていた。

4

今宵もハイドパークに多くの人が集まっていた。

公園の片隅にあるニレの木、その下で群衆が声を上げている。男も女も、誰もが〝天使〟の降臨を待ち望んでいる。見てみれば、世子と鎌田でさえも待機しているし、大英博物館の知人もチラホラと姿を見せている。さすがに観艦式の準備で帝国海軍の人間はいないが、それでも事態の成り行きはすぐにでも報告されるだろう。

さて、ここで時は満ちたのだ。

暗闇から、ぬう、と〝天使〟が姿を現した。二対四枚の翼、そして淡い緑色の光をまとった人影。

――神の声を告げよう。

出現した〝天使〟からの声に人々が熱狂する。口々に自らの願いと祈りを吐き出し、その神秘に心から酔いしれている。

その時、一際に大きな声が響いた。

「ミナカタ君！」

逸仙の声だ。それを合図として受け取り、それまで体に纏っていた黒布を取り払った。全身に塗りたくった塗料からは、淡い緑色の光が放たれている。

人々から悲鳴が漏れる。そうであろう。いきなり樹上にもう一人の〝天使〟が出現したのだ。

「わはは！　僕こそが本当の天使だ！　それも日本の天使だから、これぞまさに天狗なのだ！」

そう言ってみたが、人々の混乱が収まるはずもない。突如として、光り輝く僧侶姿の東洋人が現れたのだから、これでは世にも奇妙な怪人の登場である。

かねてよりの申し合わせだった。例の〝天使〟が出現するだろう木の上に隠れ潜み、人々の前で正体を明らかにする。その目的を今まさに果たそうというのだ。

「ミナカタ君、その〝天使〟を捕まえてくれ！」

樹下から逸仙の叫び。彼の推理通りの結果にほくそ笑み、梢の先で光っている人影を引っ摑んだ。そして、それを胸元で抱え込んで、片手を器用に使って木から飛び降りる。

「さて、諸君!」

無事に着地したところで、抱きかかえていた〝天使〟を担ぐようにして両手で掲げた。群衆の悲鳴がどよめきに変わり、やがて疑問の声を発する怒号へと変わっていく。

「これこそが〝天使〟の正体だ!」

それは人形であった。それも単なる人形ではなく、ゴム風船の人形に光る塗料をまぶした奇天烈な代物だ。人から型を取ったであろうから精巧ではあるが、近くで見れば生物でないことは一目瞭然。

「諸君、諸君。落ち着きたまえよ。いいか、僕が話す、話すのだ。待て、摑むな!」

樹下の騒乱は大きくなっていくばかり。人々は疑問の言葉を投げつけ、近しい者はこちらに寄って集って〝天使〟人形を奪おうとすらする。ペタペタと肌を触れてきては、その手に光る塗料をつけて驚愕の表情。

「君らに〝天使〟の正体を告げよう。ええ、どうだ、まるきりの偽物ではないか! その証拠に、既に〝天使〟の声も聞こえない。いいか、これは風船なのだ。中に水素を詰めているのだ」

多くの者達に見えるよう、両手で人形を持ち上げてみせる。ちょっと手を放せば、それはフワフワと上空に浮かんでいく。

「この人形はな、勝手に空に飛ばないように下から伸びた線で繋がっているのだ。いいか、それに火をつける。導火線だ。すると時間が来るのと共に、木の裏側で括られていた部分が燃え落ち、ほれ、この通りだ」

さらなる証拠とばかりに、今度は完全に手を放してみる。すると〝天使〟は何も言わずに空へと浮かび上がり、同時に尻尾じみた導火線を短くさせていく。

「そうして問答を終えた〝天使〟は空を飛び、やがて導火線が風船に辿り着くと、中の水素によって激しく燃焼する」

パッ、という小さな破裂音と共に強烈な閃光。ゴム風船は一瞬の内に炎の中に消え、後には夜の静寂が残った。

これにて謎解きは終わった。この世に神秘などなく、ハイドパークの〝天使〟は酔狂な人間による奇術であったと結論づけられた。

しかし、群衆がそれに納得するかは別だ。

一部の者は自らが騙されていたことに憤り、さらに別の者は〝天使〟を消し去った悪魔の登場を罵ってくる。誰が何に対して怒っているのかも解らないが、とにかく現場は大混乱。敬虔なる者からの不信心者《インフィデル》の罵倒、科学的思考を取り戻した者からは道理知らず《イグノラント》の侮言。心地よい祈りの空間であったはずのハイドパークが、一気に暴徒の闘技場と化していた。ちなみに近頃は、こういった荒くれ者をフーリガンと呼ぶらしい。

などと冷静に観察している場合ではなかった。狼藉者の一人が、こちらに殴りかかってきたのだ。それは膂力《りょりょく》と暴力でもって制したが、次から次へと喧嘩を売られる始末。暗闇で光っているから仕方ないが、これでは良い的だ。

「ミナカタ君!」

そこで逸仙の声があった。闇夜を裂く雷鳴のような鮮烈さがある。

その直後、呼子笛のけたたましい音が響いた。近くを警邏《けいら》中の巡査《ボビー》が笛を鳴らして近づいてくる。ランタンの光を掲げ、あちこちで喧嘩騒ぎを起こす群衆を威嚇するが、暴徒は警官もお構いなしに突っかかっていく。

「ミナカタ君、今のうちに」

この混乱の中、群衆を掻き分けてきた逸仙が横から現れ、上から黒布をかけてくれた。これでひとまず目につくことはないだろう。ともかく今は夜陰に紛れて逃げるしかない。

そうして人混みを抜けて逃走することにした。最後にチラと振り返れば、公園の一角で乱闘が繰り広げられている。いくらか罪悪感もあるが、これればかりは知ったことではない。

「これで良かったのか、逸仙」

「上出来さ。後は犯人に会いに行くだけだよ」

そう言って爽やかに笑う逸仙に、どこか底知れぬものがあった。

5

それから半刻の内、逸仙と二人で辻馬車に乗り込んでいた。

「しかし、それは面白いね」

友人から渡されたハンカチによって、顔についた塗料を丁寧に拭き取っていく。改めて見れば、布に付着した塗料からは未だに緑の光が放たれていた。

「蛍光塗料《グロー・イン・ザ・ダーク》だったか。随分と目新しいものだね」

「原料はウラン鉱物だ。ちょうどフランスのベクレル博士が研究していたと、何かの論文で読んだところだ。この石は夜闇で光るから、機関工の鈴木もそれを訝しんで木に登ったのだろう」

そして樹上に残っていた光る小石を摑もうとし、あえなく落下、あの機関工は不幸にも命を落とした。これが事件の顚末だ。奇妙といえば奇妙だが、十分に納得できるだろう。

しかし、謎は全て解かれていない。その結末に向けて、まさに辻馬車はロンドンの街道を走っているのだ。

「それで逸仙、この馬車はどこに向かっているのだ」

「答えを言うのは簡単だけど、先に僕の推理を聞いておくれよ」

狭い車内で二人、肩を寄せ合っての問答だ。小窓の横に掲げられたランタンから暖かい光が届く。馬車が走るほどに、友人の影は前後に激しく揺れていた。

「あのアイス屋台、あれは必ず〝天使〟が現れる場所にいた。今夜もそうだ。しかし店番の少年は、巨大な機械を一人では運べないと言っていた」

「となると、そういう訳か」

「そうとも。あのアイス屋台は〝天使〟が現れたから駆けつけたのではなく、あれが置かれた場所に〝天使〟が現れているのさ」

それこそ〝天使〟の秘密なのだ。あれは〝天使〟を操作する仕掛けであり、近い場所から導火線を使って人形を操っていた。

「もしかすると、あの機械の中には蓄音機《グラモフォン》が仕込まれていたのかもしれない。聖書の語句を録音したシリンダーを無数に備えていて、あの少年か、あるいは他の誰かが状況に合わせて再生していた」

「なるほどな。それなら、人々の言葉に適切な言葉を返すのも道理だ。しかし、それほどの機械を用意するとなると、これは単なる悪戯では済まないな」

「そう、そこで馬車の行く先を答えようと思うけど、いや、すまない。どうやら先に目的地に着いてしまった」

逸仙が微笑んだのと同時に、馬車がロンドンの路地で停まった。外へと出れば、友人が馭者に銀貨を投げ渡していた。辺りを見れば、そこがハイドパークの北東にあるベイカー街だと気づいた。そこからドーセットストリートに入るところで、一人の少年が所在なさげに佇んでいるのに気づいた。

「あれは、アイス売り少年か」

「彼の名前を出して調べたよ。すると少年は、最近とある研究者の小間使いとして雇われていることが解った」

「華僑の情報網、まったく恐るべしだな」

そうして二人で、路上で立っている少年へと近づく。こちらに気づいた少年が逃げ出そうと背を向けたが、それより早く逸仙の手が彼の肩を掴んだ。

「逃げないでくれ、少年。君に聞きたいことがある」

ちょっと見れば、東洋人が二人で幼気な少年を襲っているようだが、これも真実の究明に必要なことだ。どうか目撃した人々も見逃して貰いたい。

「放せよ、おじさん」

「僕らはね、君の雇い主に会いたいだけだ。別に君をどうこうするつもりはないよ。いいだろう？　ちょっとベルを押して、僕らを屋敷に入れるだけでいい」

逸仙は優しげに語りかけたが、少年は頑なに首を縦に振らない。その態度に感じ入るものもあるが、こちらも押し問答をしている暇はない。ふと思い立ち、自らの袈裟に手を入れてゴソゴソと体を探る。

少年が不気味なものを見るように目を開いたが、こちらはそれを意に介さず、バサリと大きく法衣を広げてみせる。カビに埃、キノコの胞子に残った蛍光塗料、それらが一気に舞い上がり、少年の顔に容赦なく降りかかった。

「少年、従った方が身のためだぞ。実を言うと、僕は毒使いの暗殺者で、そこの彼は華僑の総元締めにして暗黒街のボス、その名も、ええと、ミスター・キングだ」

咄嗟の嘘だったが、あまりの苦しさに逸仙は忍び笑いを漏らす。それでも少年は愛すべき純真さで、この嘘を信じ込み、ワナワナと震えて恐怖に顔を引きつらせた。

「とにかく、屋敷の扉を開けてくれるだけでいいよ。僕らは話が聞きたいだけなのだから」

再びの逸仙からの言葉に、今度は少年も恭しく首を上下させ、案内するつもりでドーセットストリートへと進んでいく。彼の従順さを当て込んで、こちらもそれに続く。

通りには几帳面に敷き詰められた菓子箱のような屋敷の群れがあり、それらがガス灯に照らされて陰影を作っている。商店もあれば集合住宅《テラスハウス》もある。やがて少年は、ある屋敷の前で足を止め、それを顎でしゃくってみせる。他の屋敷よりも大きな邸宅だ。ロンドン市中にこれだけの屋敷を構えるのだから、相当な人物が住んでいるのだろう。

「ここが、先生の家だよ」

そう言って少年は呼び鈴を鳴らし、自分の名前を大声で告げる。

「それじゃ、俺はこれで」

後は勝手に出てくるのを待てというのだろう。少年は背を向けて、そそくさとその場を離れようとする。

「少年」と、ここで逸仙の呼びかけ。

「ところで君は、コナン・ドイルは好きかい？」

何気ない問いかけに、少年は小さく振り返り、ただ一度だけ頷いた。それを見た逸仙は朗らかに笑い、懐から取り出したギニー金貨を投げ与えた。少年は驚きつつも、金貨を両手で受け止め、後は逃げるように走り去った。それは破格の報酬だったが、口止め料も含んでのことだろう。

「さて、ミナカタ君。いよいよ黒幕との対面だ」

そして屋敷の扉が、ゆっくりと開いていく。不思議なことに、その扉は独りでに開く仕掛けとなっているらしい。あれだけの機械の持ち主であるから、これも一つの発明品なのかもしれない。

「先に伝えておこう、ミナカタ君」

逸仙は怯える素振りもみせず、戸口の向こうへと一歩を踏み出し、暗い廊下をズンズンと進んでいく。

「この屋敷の持ち主は、一人の研究者だ。その人物の父親は英国が誇る天才であり、彼は父の研究を引き継いだ」

屋敷の廊下は長く、それでいて飾り気もない単調なものだった。しかし何か異様な雰囲気がある。何処かより駆動音が絶えず響き、屋敷全体が低く鳴動しているのだ。鉄臭さと澱んだ空気。あの富士艦の機関部を通った時とよく似ている。

「彼の父親は階差機関と呼ばれる機械を作り、上流階級の人々に披露していた。それは複雑な計算を行える、画期的な計算機だった」

「む、待てよ。それは確か」

逸仙が先を言うより早く、その部屋へと辿り着いた。暗い廊下にあって、そこだけが仄かな灯りを漏らしている。既に駆動音は耳障りなほどに大きくなっている。

「そうとも、彼の父親の名はチャールズ・バベッジ。そして、彼がその後継者――」

逸仙の手によって扉が開かれた。

「ヘンリー・バベッジ氏だ」

そこにあったのは聖堂の如き光景だ。

壁一面に備え付けられた機械群。金色のシリンダーが絶えず回転し、無数の歯車が噛み合って律動していく。天井からは配線で繋がれた電球と真鍮製の錘が垂れ下がり、それらがシャンデリアの如く照り輝く。床には穴の空いたカードがバラ撒かれ、機械は一繋ぎになったそれを巻き取り続けている。なんとも偏執的なまでの緻密さで組み上げられた、計算機械の楼閣であった。

そして、その中央に一人の老人が座っていた。

「貴方達が来るのは、計算で解っていました」

老人が穏やかな口調で呟き、伸び放題の白髭を手で撫でてみせた。しかし、そのシワだらけの顔の奥には猟犬の如き鋭い視線。

「逸仙、この老人が、あのバベッジ博士の息子なのか」

「だそうだよ。僕も会うのは初めてだ」

おほん、と咳払いを一つ。逸仙が前へと進み出て老人に事の次第を告げる。つまり自分達が〝天使〟の謎を解き、この稀代のショーを計画した人物に会いに来た、と。

「全部、解っていましたよ」

話を聞き終えた老人からの答えは、またしても意味深長なものだった。彼は就寝前の音楽を嗜むかのように、陶酔した表情で機械群の駆動音に聞き入っている。

「しかし、貴方達は一つだけ思い違いをしているのです。あの〝天使〟はまさしく私の作った機械だが、それは蓄音機を備え付けて、他人が操作する機械牧師のような代物ではない」

老人からの答えに、逸仙と顔を見合わせる。先を促そうかと思案したところで、老人の方が先に破顔した。

「あの〝天使〟はね、人間の言葉を解析して、その人が望んだ答えを出す機関なのです」

「それは、どういう」と逸仙。

「この部屋にある機関もそうですが、私は父の構想した解析機関を完成させました。しかし、それでは父の真似だから、私は私の発明を付け加えた。人間の言葉を数値とし、それを計算するのです」

そう言いつつ、老人は背後の机から長大な板を取り上げた。それは初め石版に思えたが、どうやら一つの操作盤であると気づいた。板の下方からはチューブが伸び、その先で壁側の機関に接続されている。

「一つ、デモンストレーションをしましょう。そこの貴方、ロひげの紳士の方だ。貴方は何か、夢がありますか？」

唐突な問いだったが、それでも逸仙は迷わず、

「古い社会を変革することです」

そう答えてみせ、対する老人も嬉しそうに笑った。そして手元で操作盤をいじれば、それと同期して壁のシリンダーが前後左右に移動し、その複雑な動きを変えた。

「この操作盤に今、貴方の答えを入力しています。古いもの、社会、改めること。この要素を数値に変換し、それらを機械で計算するのです。ご覧なさい、選択されたパンチカードが巻き取られていくでしょう」

老人の言葉通り、壁の機械はパスタを啜り上げるように、床に落ちていたカード束を体内へと吸い込んでいく。足元を通っていくそれを踏みそうになり、思わず足を高く上げてしまった。

「さて、それでは解析結果を伝えましょう。私は機械から出力された答えをもとに、蓄音機で再生する音を選ぶのですよ」

機械からは新たにカードが吐き出されていく。老人はそれを拾い上げ、それらの穴の配列から何かを読み取り、手元の操作盤を新たに動かした。

その途端、壁の向こうから低く響く声があった。

――あなたがたは、この世と妥協してはならない。

思わず驚きの声を上げていた。それは〝天使〟の声であり――今にして思えば、それは老人が吹き込んだ声だと気づいた――また逸仙の言葉を如実に反映したものだった。

「ローマ人への手紙十二章二節。心の変革について語っている箇所です。聖書の語句を使ったのは、それが暗号のように働くからですよ。示唆に富んだ曖昧な文句は、答えを求める人には心地よい言葉に聞こえるものなので」

「これが〝天使〟の秘密か」

こちらの驚嘆に老人は満足そうに頷き、機械群の動きを褒め称えるように手を広げた。

そこにあったのは、愛すべき我が子が女王陛下の前で立派なテーブルマナーを披露したのを喜ぶような、何よりも慈悲深い笑みだった。

「この機械を使えば、どんな人間でも牧師になれるでしょう。聖書を学ぶことなしに、ただ計算結果を見て、それに見合った言葉を蓄音機から流すだけでいいのだから」

「それが貴方の目的ですか？」

その逸仙の言葉に、老人はぎょっとして目を見開いた。そしてそれは、こちらも同様だ。友人のあまりに冷徹な言葉の響きに、思わず彼の顔を見てしまっていた。

「そうですとも。素晴らしいとは思いませんか？　誰でも牧師になれるということは、教会の権威に頼らなくて済むということです。この発明が世間に公表されれば、それこそ福音の〝天使〟が降臨することになりますよ」

老人を見つめる逸仙の瞳には、激しい野心と強い好奇心の炎が灯っていた。それに気づいていたが、ここではそれを言い立てることはしなかった。

「いや、素晴らしい発明です。バベッジさん、貴方の発明に敬意を表します。僕らは期せずして〝天使〟の正体を暴いてしまったが、これからも人々に素晴らしさを伝えて下さい」

それだけ言うと、逸仙はにわかに横を向き、こちらの肩を軽く叩いてくる。全ての謎は解かれた。これで終わり。そういう感慨を込めての合図だった。

「さぁ、ミナカタ君。ご老人に夜更かしさせてはいけないからね。そろそろ帰るとしようか」

そうして逸仙は老人に向かって深々と礼を残し、二人して部屋を出ることを選んだ。最後に一度だけ振り返れば、老人が再び椅子に収まって、機械群の響きに耳を浸しているのが見えた。

黄金の機械達は〝天使〟を呼ぶために、いつまでも動き続けていた。

6

この事件の後日談はこうだ。

その日、逸仙は親友との別れの挨拶を済ませるために、一人で大英博物館を訪れた。六ヶ月に及ぶ彼のロンドン滞在も終わり、いよいよ自らの大望のために海を渡るというのだ。

「寂しくなるな、逸仙」

ダグラスへの挨拶を終え、逸仙と二人で書籍室に入って早々の言葉だ。いつかと同じように、二人で机に並んで語り合った。時間が多くある訳ではないが、それでも話せる限りのことを話したいと思っていた。

「ミナカタ君、僕はイギリスに来て良かったと思っている。これから先、僕は自らの故郷を作り変える為に生きていくことになるが、この時を忘れないだろう」

「頑張れよ、革命家。きっと君の国は良くなる。いつか僕が日本に帰った時、それを近くで見てやろう。何よりも楽しみだ」

逸仙は爽やかに笑ってみせる。しかし、その一瞬だけ、彼の瞳に底知れない不気味な輝きが見えた。

「時に、ミナカタ君。あの夜にヘンリー・バベッジ氏が見せてくれた〝天使〟のことは覚えているね」

「つい先日のことだ。忘れる訳がない」

「僕はね、あの機械に心から感銘した。人々の言葉を数値とし、それを解析して答えを出す機械だ」

しかし、と逸仙は何か嘲るように目を細めた。

「ご老人は、あの機械の本当の価値を理解していなかった。あの〝天使〟を人工の牧師にすることしか考えてなかった。それは西洋人としては正しかったのかもしれないけど、僕は別のことを考えた」

「ほう、それは何だい」

「あの機械を上手く使えば、人間の行動原理を把握し、群衆を自在に操れるだろう、ってことだよ」

その発見には唸るしかなかった。彼がどこまで本気かは解らないが、その言葉には一片の真理が含まれている気がしていた。なにせ、ハイドパークに集まった人々が、あの〝天使〟の言葉に熱狂していたのは紛れもない事実なのだから。

「人間の行動を数値化し、それを解析する。そして聖書の語句ではなく、もっと直接的な指示を与えることで、その人物の精神をコントロールできる。それは僕にとって、革命を志す人間にとって、何ものにも代えがたい貴重な能力になる」

そう言って、逸仙は旅行鞄から一冊のノートを取り出した。彼はそれを自慢するように開いてみせ、中に書き込まれた微細な数字と英語の羅列を見せつけてくる。

「これはね、あの〝天使〟の設計図だよ」

「何だって、それじゃ君は」

「実はあの後、僕は老人に頼み込んでこれを借りだしたのだ。彼としても、老い先というものがある。誰かに研究を引き継いで貰いたい気持ちはあったのだろう」

逸仙からノートを受け取り、その中身を検めていく。容易には理解できない理論が、縦に横に、全く無分別に書き連ねてある。あの老人の脳をそのまま転写したかのような内容は、すぐに解読できるものではないが、それでも時間さえかければ、新たに〝天使〟を作り出すことができるだろう。

「ミナカタ君、僕は〝天使〟の研究を続けるよ。いつか、それを使って革命を成し遂げてみせる」

途方もない話だった。とてもじゃないが、一介の学者風情が、この革命家の善悪を判ずることはできない。

「先に言っておくけど、僕はどこかで間違えるかもしれない。だが僕には君がいる。この秘密を共有する大事な友人だ。だから、もしもの時は君に設計図を託すことにする。君は是非に有効活用してくれ」

その言葉の後、逸仙は室内の時計を見て「あっ」と一声、慌てて席を立ち上がった。汽車の時間が迫っているはずだ。忙しない離別になるが、これは仕方ない。見送りは結構だというから、博物館を出たところで別れることとなった。

「ミナカタ君、少し手帳を貸してくれ」

逸仙と別れる最後の時、彼はこちらの手帳に何事か書き付けてくる。それは二人の友情を示す別辞だという。

「では、しばしのお別れだ」

「うむ。壮健でな」

そして友人はロンドンを去っていった。

後に一人残された。その物寂しさを感じつつも、騒がしい街の雑踏を見て心を紛らわせた。このロンドンの街には、未だに面白い人間が大勢いる。いずれ逸仙と再会した時に、良い土産話になるよう、これよりも多くのことを学び取ろうではないか。

振り返れば、午後の陽光が大英博物館に勇壮な影を作っていた。あの地の図書館には未だ読み残しの本が多くある。それを思い出し、早速楽しい気分になってくる。

「海外に知音と逢う、か」

それは、あの友人が最後に書き残した言葉であった。

検疫官

ジョン・ヌスレは自分の職業に誇りを持っていた。

空港で働く検疫官だった。感染症を国内に持ち込ませないという、崇高な使命を持った仕事である。ただし動植物や食べ物に対する検疫ではない。それは人から人へ伝染し、流行すれば甚大な被害を及ぼすもの。比喩的には病原体とも言えるだろうが、感染した時には体よりも思想に害をなすだろう。

つまり物語である。

ジョンのような検疫官が国内への流入を防ぐ対象とは、いわゆる創作物、他国の歴史、伝記、神話伝承、歌謡といったものだ。文字でも絵でも、あるいは音や動作でさえ、何かを訴え、物語る存在は徹底的に防疫される。

その日もジョンは、自らの職務を忠実に果たした。

二人組のアメリカ人が持ち込もうとしたコミック六冊は没収して焼き払ったし、ロックバンドの歌詞入りのTシャツを着ていた一人は服を脱がし、代わりに無地の白シャツを提供した。イギリスから来た作家には、自身が考える物語を国内で決して伝えないと誓約書にサインさせた。一緒に来ていた歌手も同様に歌うことは許されなかった。万が一、国内で物語を作っているのが発見されれば逮捕されるだろう。それから身分を偽っていた歴史教師は入国を拒否されたが、素直に身分を明かした国語教師は監視つきでの入国が認められた。この辺の采配に関しては、ジョンの上司であるメタリが担っている。

この日一番の難敵は、全身に刺青《いれずみ》を施していたオーストラリア人の若い男だった。彼の言うところによれば、単なる幾何学模様に見えたそれは、彼の祖先であるサモア人の神話を伝えているのだという。申告さえしなければ見落としていただろうが、彼自身が言うのだからそれは問題だ。こちらとしても物語である可能性があるなら、たとえ意味の解らない三角形と菱《ひし》形の集合であろうと、防疫措置を取らなくてはいけない。

結局、彼には肌を隠す為の分厚いコートを貸与した。滞在中、人目につく場では必ず着ることを取り決めた。日中の気温が四十度近くなることだけが不憫《ふびん》だったが、そこは上手く対応して貰《もら》いたい。

それから、検疫の相手は外国からの旅行者だけではない。

国内から他国に出た人間が、その地で物語に触れることは多くある。勤勉な国民のほとんどは、なるべくなら物語を摂取しないようにしているが、中には興味本位で小説や演劇に触れてしまう人間が出てくる。

そういった人々は必ず、入国の際にゲートで留め置かれる。まず一目で解る。他国で物語に触れた人間は目つきが変わるのだ。瞬きが少なくなり、ぶつぶつと独り言を繰り返す。これは感染者だ。中には平然としている人間もいるが、入国時に行われる脳波測定で必ず発見される。

本や映像など、物語的なものを持ち込むのは当然違法だが、彼ら自身の脳はどうしようもない。だから彼らは最高で二ヶ月間、検疫所が指定する想像病院に隔離される。最も望ましいのは、その間に自身が見聞きした物語を綺麗さっぱり忘れることだ。ただ一向に物語が抜けきらない不幸な者は、改めて入国後に管理入院することになってしまう。こればかりはジョンも心を痛める他ない。

＊

ジョンの国は世界で唯一、物語を病気として扱う国だ。

国家の歴史を語ることもないが、頭の中にある記憶だけは消せない。それこそジョンは、自分の暮らす国が多くの部族連合がまとまって生まれたもので、国の形になる前は部族同士で銃を持って戦争をしていたことを知っている。しかし、ジョンや同じ世代の者達は戦争の後に生まれたから、部族の伝承を父母から聞くこともなかった。彼らは全員死んでいたからだ。ただ古い昔語りをするような老人が、少ないながら残っていた。当然、彼らは後に想像病院に隔離されたが。

とにかく戦争があって、その後に出てきたのは、陸軍派閥で力を持っていた大統領だった。三十年前のことだ。これもジョンが生まれる前のことだから、大統領の名前は知らない。

なにせ現在の物語禁止令を出したのは、その大統領本人だった。

まず彼は――ちなみに表に出てくるのは広報官だから、本当は大統領の性別も解らない――国内にはびこっていた怪しげな黒魔術主義を取り締まり、神話的なものを規制した。その次に余分な歴史と音楽を消してくれた。ヨーロッパの演劇も、アメリカの映画も後に続いた。最後に大統領は、自らと関係者の記録を全て破棄させた。自分自身が物語にならないようにしたのだ。

これはジョンの推理でしかないが、恐らくは大統領がその地位に至るまでに、ヨーロッパやアメリカの物語的手法が多く流入してきて、彼はそれを大いに利用したのだろう。政敵のスキャンダルを流したり、不確かな噂を流行させて暴動を起こしたり。そうして国民は事実なんて知ろうともせず、とても魅力的な熱病に自ら罹《かか》って、うなされながら大統領の作った物語に迎合《げいごう》したのだ。その後に大統領は、その効果を恐れて国民には物語の摂取を禁じたのだ。今度は自分が物語の犠牲者になるかもしれないから。

無論、こういった想像を膨らませること自体、既に物語という病気に触れてしまっている。だからジョンは、それ以上の推理はしないようにしている。これは脳の奥に出来てしまった物語の腫瘍《しゅよう》だ。後はそれが膨らまないよう、疑いなど持たずに職務に励むだけ。

ジョンは大統領がしたことは正解だと思っている。

検疫官をしているからこそ、他国の物語がどういったものかは解る。他国の人間は、それらに熱中しているらしいが、ジョンからすれば、どれも下劣で到底魅力的には思えなかった。目の前にない物事を人に語り聞かせるのに、一体どれほどの意味があるのだろう。たとえば、この国には美しい自然があるが、観光客の誰もが写真に撮って持ち帰りたがる。物語の込められていない風景写真なら削除させたりはしないが、彼らが母国でそれを見せびらかすのかと思うと、ジョンはいつも嫌な気持ちになる。「物語の消えた国に行った」という物語を、他の誰かに聞かせるつもりなのだ。もしかしたら他国の人間は、物語を摂取して気持ちが良くなるのかもしれない。彼らは嘘中毒になっているのだ。

ジョンが愛するのは、お互いに髭《ひげ》の本数を数えることを楽しむような、何気ない国民の笑顔だ。あとは純白の国旗、タングステン鉱の描かれた一万デレム札、それから自分が働くサミュエル・カカ・ムアンバ国際空港も愛している。

ジョンはたまに、この空港の名前こそ、我らが大統領の名前なのではないか、と思うことがある。しかしそれは思うだけで、決して人に確認することはしなかった。そういったものは物語の始まりになってしまうから。

*

「貴方の国は、世界で最も平和な国ですね」

検疫官をしていると、外国人からそう言われることが多くある。そういう時、ジョンは大いに同意した。

まず宗教で争うことがないし、嘘や誤解を元にした衝突が起こることもないからだ。それに自分の経歴を人に語れば物語を生んでしまうから、どこであれ対等な関係が生まれる。国民に優劣はない。政治家は地区の代表者ではあるが、彼らの経歴や演説に影響されて決定した訳《わけ》ではなく、個々人の能力に応じた仕事が割り振られた結果だ。

人は自分の見えないものを想像して、そこに見えない敵を作る。けれども、この国では想像を人に言うことの愚かさを誰もが知っているから、そこで争うことがないのだ。

ジョンは他の国民より外国のことを知っている。それでも他の国が羨《うらや》ましいと思ったことはない。むしろ海外の国々の方が、物語なる病原菌に覆われている汚らわしい国だと思った。

そう、病原菌なのだ。

物語なるものは、容易に人の心に入り込んでくる。もしも、この愛する我が国に物語が入り込んでくればどうなるだろう。まずは免疫のない子供達が感染する。可哀想な子供達は熱病に浮かされたように、目を爛《らん》々《らん》と輝かせて、自分勝手に有りもしないものを語り始める。

例えば、八年前に起こった「犬らしきもの事件」がそうだ。

これはジョンが防疫を担当した事件だった。医療局だけでは手が回らず、検疫局からも職員が応援に駆り出される大変な有り様だった。

事件の概要としてはこうだ。

ある日、首都の郊外で子供達が遊んでいた。彼らは、いつもなら家に籠《こ》もって数字遊びをしていただろうが、その日はたまたま路上で遊んでいた。彼らの一人が何気なく、土の道路に絵を描いた。彼の言うところによれば、それは近くを通った犬を見て描いたものらしかった。しかし、この場に心得なしの外国人旅行者が現れた。旅行者は子供の描いた犬らしきものの絵を見て、外国では有名なキャラクターの名前を言った。どうやら子供なりの絵心が、たまたま有名キャラクターに似せたものを作ってしまったらしい。

「それはどういうものなの?」

子供の好奇心だ。咎《とが》める訳にはいかない。そして旅行者の方も気が緩んでいたのだろう。キャラクターが登場する物語の断片を伝えてしまった。とはいえ違法にはならない程度の物語だ。大人であれば、そこで察して会話を切り上げ、一刻も早くそれを忘れてしまおうと酒場に繰り出すだろう。しかし、この場合は伝えた相手が子供だったのが問題だった。

不幸な子供達は、何気ない一言を放った旅行者が去った後、その聞き慣れないキャラクターが活躍する物語を想像し始めてしまった。三人の子供が土の上に、思うままに犬らしきものの絵を描き、好き勝手に物語を考え始めた。夕陽が落ち、それぞれが家に帰った頃には手遅れだった。彼らは自分の考えた物語を親に語って聞かせ、親達は顔を青ざめさせて子供を近くの想像病院へと連れて行った。二人は即日入院したが、たまたま両親に何も語らなかった一人がいた。残った一人は、その翌日も一人で土の上に絵を描き、さらにそれに興味を持った数人の友人に自作の物語を聞かせ始めた。

こうなると、もう止められない。

子供達の間で共有された物語は、友人へ、そのまた友人へと語り継がれ、彼らの格好の遊び道具になった。大人達が気づいた時には、既に地域流行《エンデミック》の様相になっていた。

さらなる流行を抑える必要があった。感染拡大《アウトブレイク》を防がなくてはいけない。免疫のある大人ならば聞き流せる程度の他愛ない物語だったが、子供達にとっては深い影響を及ぼすだろう。

医師と検疫官の丁寧な聞き取りによって、物語に感染した子供を一人ずつ特定した。物語の断片を伝え、少しでも反応があれば感染を疑われた。彼らは残らず想像病院に隔離され、対抗療法で物語以外の情報を頭に叩き込まれた。除染作業は四ヶ月にも及び、その頃になると子供達の興味は別のものに移っており、ようやく事態が収束に向かっていった。

今では、一人の子供の描いた「犬らしきもの」は病原菌の一例として医療局の壁に張り出されているし、予防接種として子供達には予め物語的なものの断片を伝える手段が取られるようになった。この予防法を提唱したのは首都のタイヤ医師で、物語の断片に別の意味解釈を与え、物語に発展しないようにしたものだ――例えばアニメなどで動物が喋る場面を見せた後、それは物語の条件ではなく、インコやヨウムが喋るように、人間の声を真似しているだけの特殊な生物的特徴だと教える。人間が想像するものなどは、所詮は自然に存在するものの真似に過ぎないのだ、と。

外国にある嘘まみれの物語を、ジョンの国は理知的な解釈で解体していったのだ。

＊

ジョンの国は世界的に見ても裕福だった。

それは鉱物資源が安定して供給できるようになった為だけでなく、国民の文化活動も大いに発展したからだ。

例えばスポーツ競技。特に陸上のトラック競技は盛んだった。大統領が物語禁止令を出した際、唯一スポーツだけは制限されなかった。それでもドラマ性が生まれてしまうとの理由で、時間のかかる競技はそれぞれ自主規制がなされ、後にはトラック競技だけが残った。国民が一般的に観戦する時間的最長の競技は二百メートルリレーだ。これなら一分前後までに決着がつくから、それ以上の物語的興奮は持続しない。

そういう訳で、ジョンの国でスポーツ選手といえば陸上選手のことを意味していた。世界記録保持者は五人、オリンピックに出場すれば必ずメダルを持って帰るという具合だ。とはいえ、オリンピック選手の三人に一人が、外国で物語に感染して帰ってきてしまうというので、最近は出場を規制するかどうかの議論がなされている。

ジョン自身は足が速い訳ではなかったので、スポーツ競技とは無縁で、国民が熱狂するもう一つの趣味の方に注力していた。

数字遊びである。

国語も歴史も無くなったが、代わってジョンの国では数字が好まれた。数字の並びには物語がない。一の次に二が来ること、そうした純粋な連なりの美があった。中には、数字の中にこそ真の物語があると声高に主張する数学者もいたが、彼は国外退去させられた。

スポーツに興味のない国民は、取りも直さず数字を弄《いじ》って遊んでいる。代数学から数字に親しんだ一般的な子供は、十までの階乗《かいじょう》は全て言えるし、サイコロを転がして出た目に法則性を見て一喜一憂している。大人になればもっと高度な数学を学ぶし、プログラミングで世界を相手に仕事をしている者も多くいる。

中でもジョンが熱中したのは数独《すうどく》だった。

物語性の付与されていないパズルの中でも、数独は大いに流行《はや》った。毎年、地区で優秀者が表彰されるし、難しいものが解ければニュースになる。オリジナルの問題を作る数独作家は街の人気者だ。

ジョンはといえば、幾何数独ならば誰よりも早く解けると豪語《ごうご》するくらいだった。一般的な数独は三×三のマス目が九ブロック集まったものだが、幾何数独はブロックの形を変則的に作る。一列に一から九の数字が入るのは通常のルールと同じだが、それらを閉じ込めるブロックは長方形や階段状であったり、歪んだ波型であったりと様々な形となっている。

この幾何数独は、ジョンにとって大事な娯楽だった。検疫官の仕事をしながら、休憩の度にパズルを解いていく。一時間もあれば大抵のものは解けたが、さすがにパズル作家の新作は時間をかけて攻略していた。

その日も、ジョンは検疫の仕事を終えてから、酒場で一杯やりつつ新作の攻略に励《はげ》むつもりだった。だから、あの少年が現れたことで、自分の楽しみの時間が奪われたことは我慢ならなかった。

＊

午後のことだった。ジョンは休憩中に数独を楽しみ、次の業務に取り掛かっていた。ちょうど検疫所では小さな事件が起きていた。荷物の梱包《こんぽう》材として破ったコミックが使われており、これが組織的な物語の密輸なのではと疑われたのだ。結局、夕方まで複数の荷物を検疫したが、コミックの紙切れが出てきたのはそれだけで、ただの梱包材ということで決着した。もちろん紙切れはまとめて捨てられた。

そんな中、一人の職員が検疫所にまで駆け込んできて、「子供が一人、入管で足止めされている」と伝えてきた。

ジョンを始め、上司のメタリも新人のサブニも、最初は笑って「そんなこともあるだろう」と気にも留めなかった。それが重大な事件だと気づいたのは翌日だった。

空港の職員が慌ただしく動いていた。

ジョンが知り合いに声をかけると、昨日と同様に「子供が国に入れずにいる」という答えが返ってきた。ようやく只事《ただごと》ではないと知り、ジョンはメタリと子供の様子を窺《うかが》いにいった。

十歳くらいの少年だった。

入国ゲートの外だ。まだ検疫も済ませていないらしい。少年は空港のラウンジでジッと椅子に座り、周囲を歩く大人達を眺めていた。彼は外国人ではなく、この国の人間だろうとジョンは直感的に解った。他の国の子供なら、ここまで何もせずに黙っていることは無理だろう。より詳しく見て解ったが、彼は指を折りながら、目の前を歩く大人の歩数を数えていた。試しにジョンも少年の真似をしてみた。ラウンジの端から端まで、大人ならば平均して十六歩で歩いている。

「親はいないのか？」

メタリの質問に、事態を知らせた職員が首を振った。

「母親と二人で来たらしい。だがそこからが問題で、母親は入国するより先に、飛行機内で倒れて病院に運ばれたんだ。子供一人で残すのは可哀想だったが、検疫もしないままに入国させる訳にはいかない」

職員の話によれば、少年はラウンジで一夜を明かし、空港側の配慮で温かい食事とジュースを口にすることができたらしい。その際、少年に検疫を受けることを提案したが、少年自身がそれを断ったそうだ。

「母親の帰りを待つらしい。そうでなくても、病院から連絡があればいくらでも対策ができるのだが」

職員が残念そうに首を振った。

「母親は重度の物語中毒だ。想像病院で隔離されている。少なくとも、数週間で帰ることはないだろうね」

それだけ言って職員は立ち去り、ジョン達も本来の業務に戻った。不憫ではあったが、少年自身が検疫を受けたがらないのならば仕方ない。根気強く、心優しい職員らの呼びかけに応じるのを待つしかない。

ジョンが検疫作業に戻ってからも、少年の話題がぽつぽつと耳に入ってきた。休憩に行った者達はその都度《つど》、少年に関する新しい情報を手に入れて帰ってくる。

曰《いわ》く、彼の母親はフランスに移住して結婚したが、離婚と共に故郷に帰ってきたとか、そうして子供を外国の習慣から遠ざけようとした結果、別れたとか、母親はフランス人の夫に物語中毒にさせられたとか。少年がハンバーガーを美味《おい》しそうに食べていた、とか。

「君ら、いい加減にしろよ。事実に基《もと》づくとはいえ、あまり人のことを話せば物語になる」

検疫所は少年の話題で持ちきりだったが、さすがにメタリのこの言葉が効いた。それ以上は誰も少年の話をせず、手元に預けられた荷物を検《あらた》めていく。ジョンもまた、外国から持ち込まれた食品パッケージを確かめていく。何の動物かも解らないキャラクターが描かれていたので、その上から剝《は》がせない検疫用シールを貼っておいた。

＊

少年が空港に滞在するようになって四日目の朝を迎えた。

それまで空港側の厚意で寝る場所と食料を提供していたが、さすがに長引かせる訳にはいかないとして、半ば強制的に検疫を受けさせることになった。

ここで検疫さえ済ませれば、後は国内にいる親戚にでも預ければいい。身寄りがなくとも子供に対する福祉は手厚い。これがジョンの生まれた頃であれば、腹を空かせて物乞いになるか、道端で餓死《がし》するしかなかっただろうが。

ジョンの見立てでは、あの少年は物語に感染していない。

それは目つきで解る。物語的なものに興味を示さず、多くの国民と同じように数遊びを好んでいる。外国で生活してきたというのは不安要素だったが、母親の教育が良かったのだろう。物語を摂取していたとしても最低限だ。

それに、とても悲しいことではあるが、万が一に検疫に引っかかって想像病院に隔離されるにしても、それなら母親と一緒にいられるようになる。

「じゃあ、これをつけていいかな？」

少年に脳波測定を受けさせる役目に選ばれたのは、新人のサブニだった。彼は検疫用のヘッドギアを少年にかぶせていく。この役目自体は誰でも良かったのだが、できるだけ若い人間で、それも喋りやすい相手が良いだろうという判断だ。

「それじゃあ、お兄ちゃんのお話を少しだけ聞いてくれる？」

サブニが真っ白な歯を見せて笑った。当初は戸惑っていた少年も、彼の雰囲気に和《なご》んだのか笑って頷いた。

「ある日、ニワトリが歩いていました。ニワトリはお腹を空かせていました。ああ、お腹が空いたなぁ。あれ、なんだか良い匂いがするぞぉ？」

　サブニがそこで言葉を切った。マニュアル通りだ。彼は続けて少年の反応を窺っている。

「ニワトリは喋らないよ」

　少年が答えた。正しい反応だった。

「ああ、そうだった、ごめんね。お兄ちゃんの間違いだ。それで話の続きをしよう。ニワトリは良い匂いがしてくる近くの家に入りました。その家は無人だったけれど、テーブルの上には温かいスープが置いてありました。ニワトリは悪いことだと思いながら、とてもお腹が空いていたので、椅子に座って、そのスープを飲んでしまいました」

「ニワトリは勝手に家に入らないよ。椅子にも座らないし、クチバシでスープは食べられない」

　それらは正しい答えだった。少年はサブニの話を聞きながらも決して想像力を働かせることはなく、全てを自然の摂理の中で解釈していった。

「変なことを話してごめんね。これでお話は終わりだよ」

　サブニはそう言って、少年からヘッドギアを取り外した。近くでモニタリングしていた技師が頷いていた。少年は女性職員に連れられて、果物が用意された別室に案内されていった。

「どうでした、上手くいきましたか？」

サブニが無邪気に尋《たず》ねる。少年の対応のことなのか、自分の話し方についてなのかは解らない。

「概《おおむ》ね正常みたいだね、脳波も非常に安定していたよ」

技師が答えた。ジョンは他の検疫官と共に、ようやく胸を撫《な》で下ろした。これで少年は不自由な暮らしをすることなく、安全に国内に入れるだろう。担当したサブニも安心したようだった。

しかし、ここでベテランのメタリだけが首を縦に振らなかった。

「少年の反応は正しかったが、あれは少し怪しいぞ」

検疫官の中で、メタリだけが戦争時代を知っている。彼自身の物語だから聞いたことはないが、とにかく彼の言う「怪しいぞ」は、検疫官にとって重たい響きを持っていた。

「これはチェック項目には書いてない部分なんだが、サブニが話した検疫用の物語には一箇所だけ抜けを作っているんだ」

「どういう意味です？」

「ニワトリは悪いことだと思って、の部分だ。ニワトリは善悪の判断なんかしない」

その場の何人かがハッとした。ばつが悪そうに俯《うつむ》く。サブニは未《いま》だに意味が解っていないのか、とりあえず解ったふりだけをしているようだった。

「善悪の想像に関して反応が出ないのは通常よりも危険な兆候だ。あの少年に感染した物語は潜伏期間にあるのかもしれない」

メタリが気難しそうに腕を組み、検疫官一同を見回した。

「君らもそうだぞ。検疫官の仕事に励み過ぎだ。物語に免疫を持ってしまったから、そういう些細《ささい》な部分を見落とす。少し物語から離れなさい。明日から休暇をしっかりと取るように」

結局、メタリの判断が尊重された。

職員は休暇をしっかりと取ったし、少年も入国ゲートを潜ることはなかった。

＊

少年が空港に滞在するようになって二週間が過ぎた。

メタリの言う「怪しい」の意味を確かめるのに必要な時間だった。より詳細な検疫を行う準備をしているが、首都の医療局も国内の防疫に追われ、こちらに手を回す余裕はないらしい。

少年は未だに母親の到着を待ち、一日中ラウンジで旅行客の歩数を数えている。今ではマットレスの持ち込みも許可され、少年はソファで寝ることも無くなった。旅行者の間でも少年の話題は伝わっているらしく、検疫で破棄されそうな食べ物を分け与えられることも多い。空港側が配慮せずとも、十分に満足な食事を取っている。

職員の何人もが、気軽に少年と言葉を交わすようになっていた。ジョン自身もラウンジに行けば、少年と話すことがある。一緒に数遊びをすることも多い。お互いに一から三まで数字を数えて、先に二十一を言った方が負けというルールだ。これは後攻が四の倍数を言っていけば必ず勝てるので、子供以外だと相手にならないが、少年は十分に楽しんでくれたようだった。

ジョンを始めとして、今では検疫官の何人もが少年との交流を楽しんでいる。サブニ辺りは、休憩になる度にラウンジにジュースを持って行く。

「あまり良い状況ではない」

その日、最後の便が発着した後に、メタリが検疫官を集めて会議を開いていた。

「もちろん、あの少年のことだ」

メタリが検疫官を見回した。彼自身も少年には同情しているようだったが、検疫官や空港職員の接し方を苦々しく思っているのは確かだ。

「でもですね、メタリ。未だに少年の母親は隔離入院中です。放っておく訳にもいきませんよ」

最初に反論したのはマリラだった。年配の女性検疫官で、メタリが唯一苦手としている相手だった。メタリは案の定、言葉に詰まってしまっていた。

「それに、もう少しの辛抱ですよ。医療局から技師が来れば、より詳細な検査ができます。そうすれば、今の中途半端な状態も終わりますす」

中途半端な状態の終わりとは、つまり無事に入国するか、無事に隔離入院するかのどちらかだ。

「いや、俺が恐れているのは物語についてだ。少年の滞在が長引けば長引くほど、そこで物語が発生してしまう気がするんだ。こんな状況になるのは、ここ三十年来で初めてだ」

メタリの不安に対し、明確に意味を理解したのはマリラだけだった。他は若い検疫官ばかりで、どうして滞在が長引けば物語が生まれるのか解らなかった。その様子に気づいたのか、メタリは溜め息を漏《も》らして口を開く。

「昔、空港で何十年も暮らしたという男がいたんだ」

何人かが呻《うめ》いた。メタリの言葉に、鼻をつくような物語の気配を感じ取ったからだ。当然、ジョンもそこから先を聞くのが嫌になった。

「つまり、そういうことだ。あの年頃の子供が、一人で空港で暮らすなんて聞いたこともない。とんでもない物語性だ。我々はまだ対応できるが、物語に冒されている外国人旅行者なんかはそうじゃない。彼らが興味本位で少年と話す度、そこに小さな物語が生まれていくんだ」

ジョンは顔をしかめた。あまりに強い物語性だ。あの少年と関わっただけで、その人の人生に物語が生まれてしまうだろう。罪もない少年が感染源となり、周囲に病原菌を撒き散らしている。彼と話した旅行者は元より、免疫のない国民も保有者《キャリア》になってしまうだろう。

これが大人ならば、もっと早く強制的に退去させることができた。子供だと思って放置した結果、取り返しのつかない局面が訪れたのだ。

「それじゃあ、少年を退去させるんですか？」

サブニが反論した。彼は少年と十分に仲が良い。少年の境遇を憐《あわ》れんでの言葉だ。

「いや、それも問題だろう。遅すぎたんだ。あの少年の物語は十分に進行してしまった。こういう時、上から一方的に排除をすると、それに反発して物語の強度が増すんだ」

「とても、神話的な」

マリラが顔を青ざめさせて不吉な言葉を吐く。メタリがそれを受けて重々しく頷いた。

「人気者を無理矢理に排除するのは物語の影響を高めるだけだ。まるでイエス・キリストのように」

キリスト、とその名前を聞いてマリラが卒倒した。その名前はそれだけ強い意味を持っている。ジョンの隣で若いサブニだけが平然としている。

「キリストってよく聞くけど、なんだ？」

ジョンの方に顔を寄せて、サブニが小さく尋ねてくる。

「もしかしてアメリカのコミックヒーローとか？」

ジョンが「もっと危険なものだ」と答えると、サブニは嫌そうな顔をして「それは怖いな」と呟《つぶや》いた。

＊

ある日、ジョンが休憩中にラウンジで幾何数独を解いていると、例の少年が隣のソファに座った。

既に彼の滞在日数は二十日を数えようとしている。検疫官も空港職員も、少年への対応に苦慮し、今では必要以上の接触をしないようにしていた。腫《は》れ物に触るように遠巻きに眺めるか、困っているようなら最低限の手を貸す程度だった。

「お兄さん、何をしているの？」

少年は唐突に、ジョンの方へ身を乗り出してきた。漠然とした寂しさを感じていたのだろう。それまで親しげにしていた大人達が、どういう訳か自分から離れていく。その不安が痛いほどに伝わってくる。

だからジョンは、自身が解き終えた幾何数独の本を一冊、少年に貸してあげることにした。

「これは数独と言って、数字を使ったパズルなんだ」

ジョンから手ほどきを受けると、少年はすぐさま数独に夢中になった。ジョンが苦戦した難問にも取り組み、彼が酒場で二日を費やしたものを僅か二十分で解読していた。

「お兄さんの名前はなんていうの？」

数独を解きながら、少年はジョンに何気ない調子で話を振ってくる。しかしジョンの方は言葉に窮《きゅう》した。

それまでは、ここまで踏み込んだ話をすることは無かった。相手のことを知るということは、その分だけ物語を摂取してしまう危険な行為だったからだ。

しかしジョンは、ここで自分が口を閉ざしてしまう方が少年に悪い影響を与えると思った。彼が将来的に無事に社会生活を送れるように、ジョンはやむなく自分の名前を伝えた。

「ジョンの名前は、僕の産まれた病院がジョン通りにあったからだ。この国だと名前に意味は込めない。多くは産まれた時に近くにあった物や出来事を名前にする。名前は物語になってしまうから」

少年は「ふぅん」と答えた。

ここでジョンはあえて、これまで聞いてこなかった少年の名前を尋ねた。人から名前を聞かされた時は、次に自分の名前を言わなくてはいけない。それは礼儀とか、そういった問題ではなく、自分の名前にも意味が込められていないことを再確認する為だ。

だが、少年から返ってきたのは予想外の言葉だった。

「僕には名前がないんだ。フランスでは名前があったけど、それは物語だから、この国で新しい名前をつけるって、ママが言ってた」

それを知ってジョンは舌を巻いた。少年の母親は、思っていた以上に彼を大切にしていたようだ。不必要な物語に触れないように外国でも丁寧に育ててきたのだろう。

ジョンが少年を値踏《ねぶ》みするように見ていると、彼はさらに驚くべきことを言ってきた。

「ねぇ、ジョンさん、僕に名前をつけてよ」

ジョンは押し黙った。一方で少年の手は動き続け、幾何数独の複雑なブロックに数字を入れていく。

「きっとママは帰ってこないよ。それにみんな僕に冷たい。それは僕に名前がないからだよ。名前を呼べれば、前みたいに優しくしてくれると思う」

少年が寂しそうに呟いた。さすがにジョンも可哀想に思い、二人の間だけで使うあだ名と前置きをしてから、彼に名前をつけることにした。

「それじゃあ、君の名前は上の階《アップステアー》だ。君が今解いている数独のブロックが階段状になっているから」

少年はアップステアーと、口の中で自分につけられた名前を繰り返した。その次には子供らしい笑顔を作り、ジョンにお礼を伝えてくる。

「アップステアー、僕の名前はアップステアーだ」

少年は笑いながら、一心不乱に鉛筆を動かしていく。階段状のブロックに九つの数字が埋まった。

「アップステアーは数字を埋めました。階段を上って、次のブロックに行きます」

何よりも楽しそうに、少年は幾何数独を解いていく。しかし彼の言葉を聞く内に、ジョンは何か、自分が取り返しのつかないことをしてしまったような気がした。

「ジョンさん、これ面白いね。階段を上ると、次に波がやってくる。僕は波から逃げてる。上にあるのは雲。これは人、人の横にあるのは家だ。家が波に襲われないように、僕は数字を埋めるんだよ」

それはあまりに無邪気な言葉だったが、ジョンは少年が幾何数独の変則的なブロックの形に物語を作っていることを察した。それは彼にとって自然なことだったのだろう。しかし、この世にある抽象的な事象から物語を生み出す能力は、物語感染者にとって最も危険な症状だった。

もしかしたら自分の不用意な厚意によって、この少年の病は悪化してしまったのではないか。これ以上、彼を放置することはできない。今や少年の口から飛び出した空想のウィルスは周囲を漂い、こちらの脳に深く根を下ろそうとしている。

何か不吉なものを感じ、ジョンは仕事に戻るふりをして少年から数独の本を取り上げた。

「ジョンさん、また明日ね」

少年は笑顔で手を振るが、ジョンはその日が来ないことを知っていた。

自分は検疫官だ。そして少年の症状を知ってしまった。ならば、その事実をメタリに伝えるだろう。

何もかも遅すぎた。一見して無事に見えた少年は、既に頭の中で物語を十分に育《はぐく》んでしまっていた。

検疫所まで走る途中で、ジョンは数独の本を落としてしまった。それを拾い上げる時、開かれたページにあるブロックの幾何学模様が目に入った。そして、そこには何か特別な意味が込められている気がしてしまった。数字で埋められた階段《アップステアー》を取り囲む白いブロック達。鈎状のブロックが伸び、少年を象徴するブロックを今にも捕まえようとしていた。ジョンは今になって、幾何学摸様の刺青を撫でるオーストラリア人旅行者のことを思い出していた。今ならきっと彼の体に刻まれた幾何学の神話が理解できるだろう。

*

空港の検疫所では難しい顔をしたメタリが控えていた。

彼だけではない。マリラもサブニも、誰も彼も一様に厳しい表情で黙っている。部屋には一人、見慣れない男がいた。警察官の格好だ。それも首都で活躍する検閲警察の制服だった。警察の男は何も言わず、ジョンと入れ違いに部屋を出ていった。

「とても嫌な話だ」

警察官が立ち去ってから一分と二十三秒後、メタリが検疫官を見回しながら、そう言って話を始めた。

「あの少年についてだ。彼の母親がどうして帰ってこないのかも、ようやく話すことができる」

メタリが息を整える。既に彼の話し方は物語のそれになっている。それだけ危険なものだということだ。

「少年の母親は、外国に亡命した政治犯の仲間だった。奴らは解放政策を唱《とな》えている。つまり物語の自由化だ。我が国で物語を解放しようとしている」

それを聞いて最初にマリラが悲鳴を上げた。それは波及し、勤続年数の多い者から順に呻き声が漏れてくる。ただジョンが顔色を変えたのはサブニよりも後だった。

「母親は今も想像病院にいる。恐らく一生出ることはできない。そして、言ってしまえば少年もこれ以上放置はできない。あの子も重度の物語中毒の可能性があるからだ。いや、もっと悪いかもしれない。子供に物語を植え付けておいて、首都でバラ撒くようなことを計画していたとしたら」

それは不安という名の悪しき想像だったが、あのメタリが思わず口にしてしまう程、事態は逼迫《ひっぱく》していたのだ。

「しかし、どうすればいいのですか？」

マリラが冷静に尋ねる。それは少年を助けようとする為のものではない。これ以上の物語の拡散を防ぐ為に、検疫官として為すべきことを尋ねたものだった。

「空港から退去させ、国内の想像病院に隔離する。これは決定されたことだ。だが下手に連行すると物語が広まる可能性がある」

ジョンはメタリが危惧《きぐ》するものを悟った。

少年を退去させる。しかし強制的に行えば、その時に物語は溢《あふ》れ出してしまうだろう。あの少年はジョンの国に危険な物語を持ち込むかもしれない。横暴な権力者はそれを防ぐ為に、ただ母親の帰りを待っていただけの孤独な少年を連れ去る。その光景は人々に物語を生み、噂は伝染し、彼と直接関わっていない多くの国民にも知られる。人々は興味本位に、そして無責任に物語に触れる。

そうなれば終わりだ。ジョンの国は物語に覆われ、取り除くこともできない深い病巣になる。

「大きな物語には」

ここでメタリが口を開いた。彼の手元には検閲警察から渡された資料があった。

「それを抑える為の小さな物語で対抗する。これが対抗療法の基本だ。君らは検疫官だから、俺の言ってることが理解できると思う」

検疫官の中で頷いていたのは、ジョンとマリラの二人だけだった。それでもメタリは十分だと思ったのか、彼が検閲警察と周到に準備した作戦を伝えてきた。

メタリが伝えてきた防疫作戦は非常にシンプルだった。

少年の母親を一時的に想像病院から出し、警察官立ち会いの下で少年を迎えに来させる。

感動の再会。空港で暮らしていた少年は母親に引き取られ、国内で平和に暮らす。周囲の人々はそれを見て拍手を送るだろう。歓声《かんせい》が上がり、涙を見せる。

以上。防疫作戦終了。

普段ならば、そういったドラマの発生は絶対に避けようとする。しかし事態は差し迫っているのだ。これが最低限、犠牲を出さないで済む物語だった。この物語に触れるのは、その時に空港にいる人間だけだ。不確かな噂が広まることもない。その場に居合わせた人間は残らず想像病院に送られるからだ。物語の現場に立ち会ってしまった人間は不幸だが、長くても一ヶ月の隔離入院で十分に除染できるだろう。

これで十分。検疫官達は大勢を救う為に、最小限の人間を犠牲にする道を選んだ。全ては必要な嘘だった。

＊

防疫作戦が実行されたのは翌日だった。

立ち会いの必要はないと言われていたが、ジョンは責任を感じてその場に顔を出した。何に対しての責任かは解らない。

「サール、会えて良かった」

病院関係者のふりをした警察官に付き添われ、少年の母親がラウンジに現れた。いつかと同じように人々の歩数を数えていた少年は、母親の登場に喜び、涙を流して母親の胸に飛び込んでいった。

「ああ、サール。本当に会いたかった！」

母親も涙を流す。彼女は政治的な取引でこの場にいるのだろう。それでも、その涙は本物だと思えた。

「ママ、僕の名前はサールじゃないよ」

少年は自分の名前に首を振った。自らに埋め込まれた物語を否定した。

「僕はこの国で新しい名前を貰った。意味のない名前だよ」

少年の言葉を理解したのは、この場ではジョン一人だった。彼は母親と一緒に連れ去られる少年を見ていた。辺りでは人々が拍手を送っている。何も知らない旅行者は元より、少年のことを知っている空港職員も、数人の検疫官も、物語に感染するのもお構いなしに、この場で起こった情景に手を伸ばしてしまった。

最後に一回だけ、少年がジョンの方を見た。あどけなく、喜びに満ちた顔で。そこで耐《た》えきれなくなり、ジョンは逃げるように、少年のいなくなったラウンジへと足を向けた。

しかし、その判断を後々まで後悔することになる。

ラウンジの壁に巨大な幾何学模様が描かれていた。少年が落書きしたものだと解った。何故ならそれは、十六×十六マスの巨大な幾何数独だったから。

既に清掃人がラウンジの壁を濡れ雑巾《ぞうきん》で拭いていた。幾何学模様は刻一刻と端から消されていく。それでもジョンは、その絵から目を離すことができなかった。

それは物語だった。ジョンだけに語られた幾何模様の言葉たち。そこに描かれていたのは、少年のこれからと、そしてこの国の未来を示す物語。

中央には十六マスで作られた階段がある。右からそれを挟む鈎のブロック。その横に入国ゲートがあり、奥には検疫所の長方形。天には飛行機、それを撃ち落とそうとする拳銃《けんじゅう》。大地は波に覆われ、横に広がる大統領官邸が今にも飲まれそうだ。そして、それらの光景を見守っている直線ブロックがある。

ジョン通り。

それこそ自分であるとジョンが悟《さと》った瞬間、直線ブロックは清掃人のひと拭きで掻き消えてしまった。

＊

ジョンは自らの誇りある仕事を辞めた。

ジョンは鏡に映る自分の顔に、物語中毒者特有のギラついた目を見た時、既に検疫官の仕事を続けられないと悟った。そうでなくても、他の国民よりも物語に触れる機会が多い分、検疫官の仕事は素質が無ければ長続きしないと言われていた。

彼の脳は既に物語に対する免疫を失ってしまった。あらゆる事象に物語を見出し、勝手に想像してしまうようになった。ゴミ箱に捨てられた外国の菓子箱にストーリーを見出した。酒場の天井で回転するシーリングファンに誰かの人生を重ねた。

ジョンは首都から離れ、タングステン鉱を掘る仕事に従事するようになった。鉱山のある小さな街で結婚し、子供も生まれた。子供には砂粒と名付けたが、やがてマクガイバーと名乗るようになった。ジョンに隠れて見ていた海外ドラマの主人公の名前だった。

鉱山の街は劣悪な環境だった。

あちこちに物語が蔓延《まんえん》していた。酒場では中毒者達が好き勝手に物語を話していた。虚《うつ》ろな目をして、違法な海外ドラマや小説のことを語り合う。ジョンがあれだけ熱心に検疫に励もうとも、こういった街には陸路で持ち込まれた物語が溢れている。

ジョンは改めて、自分のしてきたことが無駄に思えた。一度そう思ってしまえば耐えられない。そこから逃げる為に、ジョンは大量の物語を摂取した。自分の半生を他人に語って聞かせることも増えた。

ジョンは物語中毒に陥《おちい》って、何度も地域の想像病院に隔離された。それでも街に帰れば、人の目を盗んで小さな石に刻まれた物語を取り込んだ。中毒者同士が隠れて交換するような、誰かが物語を書き込んだものだった。

ジョンがあの少年《アップステアー》と出会ってから、既に三十年が過ぎた。

その日もジョンは、酒場の入り口に積まれた酒瓶を手に取った。それは新聞のようなもので、貼られたラベルには断片的に物語が記されている。続きが読みたければもう一杯。ラベルには首都で起こっているニュースが書かれていた。誰かが伝え聞いた不確かなニュースだったが、それでもジョンは喜んで摂取していた。

首都では物語解放運動が巻き起こっているらしい。かつて我らの大統領がやったこととの焼き直しだった。どこかの誰かが、革命という物語を人々に伝染させていった。多くの人々が隠れて物語を摂取し、虚ろな表情を浮かべて検閲警察を襲っているらしい。

ジョンは首都で起こっている多くの物語には触れないで生きてきた。それでも次第に国が変わってきていたことは認識している。名前を知らない大統領は権限を議会に譲り、新しい政治家達が実に物語的な選挙で選ばれていった。

あの素晴らしく平和な国は既にない。今や他国に追随し、限定的にだが物語は解放されている。

その日、ジョン・ヌスレは死んだ。

奇声を上げて酒場を飛び出し、ひとしきり街をうろついて、翌朝には冷たくなっていた。

ジョンと最後に会った人間が言うには、彼の最後の言葉は「俺の話を聞いてくれ」だった。

物語中毒者の意味不明な言葉に、誰もが耳を塞《ふさ》いでいた。

彼は自分の中に溜まっていく物語を吐き出したくて堪《たま》らなくなったのだ。それは自らの死を意識し始めたからだろうか。

あるいは自分が物語に組み込まれたことを知ってしまったからか。

ジョンは死の際に笑った。

結局、人間はこの病を克服できないだろう。根絶するには、あまりに大きく育ちすぎた。人は生きている限り、常に誰かと関わりを持ち、この病に冒されるしかない。

物語というものは人間が抱えた不治の病だ。どれだけ防疫を施そうとも、脳の奥では物語の腫瘍が膨れ続ける。それが破裂したら最後、人は何かを想像することを止められないのだ。

ジョンの死体は一本の酒瓶を握っていた。そのラベルに載っていたのは、新たに就任した大統領の顔写真。

ジョンの働いていた空港が、アップステアー国際空港と呼ばれるようになった日のことだった。

アメリカン・ブッダ

1

まずは皆さんに自己紹介をしなくちゃいけない。僕の名前は〝奇跡の人《ミラクルマン》〟、白人の友達が古風なインディアンの名前を意識してつけてくれた名前だ。


それは約三千年ぶりに〝向こう側《エンプティ》〟からもたらされた声だった。

アメリカに帰ってきた監視員のレポートによって、内務省インディアン管理局《BIA》がヒアリングを行う運びになった。そして〝エンプティ〟の証人が立ったのだ。誰もが部族の長老が来ると思っていたが、壇上に立った人物は二十代前半の若者だった。

　こっちでの暮らしにも飽きてきた人々にとって、故郷からの呼びかけは懐かしさに溢れていて、私の他に約百万人の人々がミラクルマンの声に耳を傾けていた。公聴会を中継する動画へのアクセス数は増え続ける。

僕はアゴン族というインディアン……、ああ、ネイティブアメリカンって呼べっていう人もいるかもしれないけど、僕個人はインディアンで良いと思ってるからそう呼ぶよ。とにかく、アメリカ西部のカリフォルニア州に保留地を持っているアゴン族の一員だ。

こちらは事前にいくつかの質問を用意したが、それまでの公聴会と違って、その都度に尋ね返すことはできない。〝エンプティ〟とは、それだけのラグがある。

今日は色々なことを話そうと思う。正直に言うと、ここに来るまでとても緊張していた。だって、僕なんかが大勢の人たちの前で話せるとは思わなかった。でも今は安心したよ。たしかにカメラは沢山あるけれど、面と向かって話さなくて良いしね。僕は恥ずかしがり屋なんだ。

ミラクルマンが照れた様子で頬をかく。黒い長髪が揺れ、この日のために用意したであろう民族衣装をわずかに擦った。その仕草はどこか愛らしく、私たちが遥か昔に忘れてしまった自然さがあった。だから同時視聴している他のアメリカ人も笑っていたし、私も優しい気持ちで笑顔を向けた。

そもそも僕は、大地に残ったインディアンたちの代表者じゃない。だから貴方たちに何か大きな要求をすることもできないし、決め事をすることもない。ただ、僕たちがこっちでどんな風に生きているのか、それを貴方たちに伝えたい。

アメリカは今、様々な変化の最中にあるんだ。そして、その変化は僕が、というよりアゴン族が大きく関わっているから、こうして伝える義務がある。

変化、という言葉が出てきた時に多くの人々が動揺した。コメント欄には多くの驚きの表現と、少しばかりの喜び、そしてミラクルマンを罵倒する言葉が並んだ。しかし、こちらの一喜一憂がミラクルマンに伝わることはない。

こんなことを言うと驚く人もいるかもしれない。

僕は偉大なる精霊《グレートスピリット》にアメリカを救うように頼まれて、部族の人たちと協力してここまで来た。その大精霊の名前はブラフマンだ。この名前を聞いて不思議に思う人もいるだろうね。ブラフマンはインド哲学《インディアンフィロソフィー》……、ああ、これはインド亜大陸の方だよ、そこの哲学で真理を示す神様の名前だ。

そして、こちらの紛糾などお構いなしに、ミラクルマンは魅力的な目を細めて微笑んでくる。

僕たちアゴン族は、仏陀《ブッダ》の教えを伝える唯一のインディアンなんだ。

2

私たちが住む世界は〝Mアメリカ〟と呼ばれている。

このMの意味は公式には決められていないらしく、架空世界としての形而上的《メタフィジカル》アメリカだとか、その場しのぎの避難所としての束の間《モーメンタリ》のアメリカとか言われている。そうした中でも、あのMこそ千年王国《ミレニアム》の頭文字というのが、とても恣意《しい》的で魅力的な意見だった。

貴方たちは、あの〝大洪水〟から逃げた人たちだ。

現実の体を水槽の底に横たえて、精神的《メンタル》アメリカに避難した賢明な人たち。貴方たちが去ったことで、この大地はすっかり寂しくなってしまった。だからだろうね、貴方たちは僕らが暮らす場所を〝空っぽ《エンプティ》〟と呼ぶんだ。

でも悪いことじゃない。アゴン族の言葉では人間が暮らす大地のことを閻浮提《エンブーディ》と言うんだ。これは仏教的な言葉だ。だから〝エンプティ〟はぴったりの呼び方だね。

それで、最初にどこから話せばいいかな。順番が前後してしまうかもしれない。でも、貴方たちにとって時間は尽きないもののはずだから、必要なところを切り取って見てくれれば良いと思う。

画面の向こうでミラクルマンが申し訳無さそうな表情を作る。事実、公聴会が始まってからこちらでは九十日程度の精神時間《マインドタイム》が経過していた。この〝Mアメリカ〟では、実世界の一秒が四時間弱に相当している。

そうした理由で、公聴会には絶えず新規参加者が訪れているが、最初の挨拶だけを見て満足した数十万人は既に立ち去っていた。私もここまでミラクルマンの姿を見守っていたが、いつまでも見続けるほど暇ではない。

だから私もコピーを残して自分の生活に戻ることにした。他の視聴者の大半もそうだろう。

三ヶ月ぶりに職場である弁護士事務所へ出勤し、日々寄せられていた案件に目を通す。案件の九割はこちらに残したコピーと自動化BOTが処理してくれていたが、一部については管理人格権限の承認を待っていた。

今の〝Mアメリカ〟市民は非常に気が長い。数千年規模の時間感覚がそうさせるのだろう。

そうだな、やっぱり僕が生まれたところから話をしよう。そうしたら、こうして世界が変わってしまった〝大洪水〟の話もできると思う。

あの〝大洪水〟が起きた時、僕は十六歳だった。

ミラクルマンの公聴会は、いくつかの話題がまとまってから編集されてアップされていた。人々はコピー人格が見続けた映像を圧縮して、自身が生きる精神時間の速度で視聴している。

私もそうした多くの市民と同じだ。ミラクルマンの公聴会は短い時は数秒、長いものでも数分程度の細切れの動画として視聴するようになった。数ヶ月に一度のペースで更新された動画を確認する。仕事から帰ってきて、自宅でビールの栓を開けて、ベッドに寝転がって中空に浮かんだディスプレイに映るミラクルマンを眺める。それは新鮮な娯楽でもあった。

僕はカリフォルニア州メンドシーノ郡にあるリトル・ペニー集落《ランチュリア》、つまり保留地で生まれた。一番近い街はブーンビルで、サンフランシスコから百マイルくらい北にある土地だよ。

もしかしたらインディアン保留地と聞いて、広大な平原に革張りのテントが並んでいるのを想像した人もいるかもね。そういうのも悪くないけど、僕らの家は普通のトレーラーハウスだ。山沿いの集落に二十くらいの家が並んでる。一つの家に家族全員で住んでいるから手狭だし、それほど裕福な暮らしはできなかった。でも、だからってインディアンが貧困だなんて思わないで欲しい。僕たちは理由があって、そういう暮らしをしていたんだ。

僕の一族は、歴史的にポモ族の一部だと思われてる。彼らの保留地とは近くで接しているし、僕の曽祖父の代まではお互いに婚姻関係もあった。でも彼らとは根本的に違うところがあって、その部分で同化することはなかった。何百年もね。

だから、僕が街の小学校に入った時も、そういった他のインディアンとはあまり仲良くできなかった。クラスの三分の二が白人とヒスパニック、残りがアフリカン・アメリカンと僕たちインディアンだ。これから話すことは少し恥ずかしいけど、僕にとって大事なことだから話す。

小学校に嫌なヤツがいたんだ。いじめっ子だ。そいつは……どこの部族かは伏せておくけど、僕と同じインディアンだった。白人の子供たちも、そいつには頭が上がらなかった。そいつの父親はカジノの経営者で、他の子供たちの親の雇い主だった。しかもギャングとも知り合いだって噂だ。クラス替えのリクエストは何度も出したけど、どこに逃げてもヤツは嫌がらせを続けるんだ。

ある時、小学校に通う中で、僕と同じようにヤツからいじめられている白人の子と出会った。その子は頭が良くて、でも主張するのが苦手で、ヤツにとっては格好の標的だった。その子は僕よりも酷い暴力を受けていたし、性格的に殴り返すこともなかった。ちなみに僕は、腕力ではヤツに敵わなかったけど、ちゃんと反撃もした。同じインディアンだから立場は同じだったしね。

それで、なんとなくだけど、その白人の子と一緒にいるようになった。あえて理由をつけるなら、その子だけが他のクラスメイトとは違っていたからだと思う。その子はいじめっ子の父親が恐ろしいから反撃しなかったんじゃなくて、単に逆らうことを馬鹿馬鹿しく感じてるみたいだった。

それで、その子は、僕にとって初めての友達になった。

だから僕は、その友達にアゴン族の秘密を少しだけ教えることにしたんだ。

あれは九歳の夏で、僕らはデイキャンプに参加していた。夕方、いじめっ子の呼び出しを受けて、二人してヤツのサンドバッグになってやった。特別にね。その暴力が終わったあと、僕は泣きじゃくる友達の手を引いて自分の保留地に連れて行った。

まず僕は自分の祖父を友達に紹介した。祖父はアゴン族のアラカ……、一般には呪医《メディスンマン》って言われる祈禱師だけど、そういう立場の人物だった。祖父は泣き止まない友達の頭に杖を当てて、短く祈りを捧げた。そしてこう言った。「この世界は苦しみでできている。生きること、病気になること、老いること、死ぬことの四つの苦しみだけがある」ってね。これはアゴン族の教えで、つまり仏陀の教えでもある。友達は最初、その言葉の意味がわからなかったみたいだけど、それでも祖父が自分を慰めてくれたことを理解して笑ってくれた。

それから僕も、友達に因果応報と輪廻転生の話をした。悪いことをすれば悪い結果になり、良いことをすれば良い結果になる。それに現世で悪いことをすれば、来世で人間になれない、動物や虫になるんだよ、って話した。そしたら友達は「あのいじめっ子の来世はガラガラヘビで、また人間を襲うだろう」って言った。その冗談に僕らは笑ったけど、今にして思えば、悪行をなすのに人間も動物も関係ないっていう考え方は正しかった。何に転生しようと、良いことはできるし、悪いこともできる。

それで、話の続きだ。

僕と友達は相変わらずいじめっ子の暴力に耐えていたけど、ある日、ヤツの父親がインディアンゲーミング委員会に訴えられた。法律を無視してカジノで荒稼ぎしていたのが問題になったんだ。普通、インディアンカジノは部族全体の利益になるから部族政府は味方になる。でもその時は部族政府も擁護しなかった。ヤツの父親も嫌われ者だったのさ。カジノは一時的に閉鎖され、いじめっ子の立場は逆転、威張ることなんてできなくなった。

その様子を僕らはただ眺めていた。復讐なんて馬鹿げたことはしない。これが因果応報なんだ、って二人で納得するだけだ。

この事件のあと、友達は僕のことを〝ミラクルマン〟と呼ぶようになった。「君の言う通りだった。君は奇跡を起こすんだ」って。アゴン族の教えに奇跡なんてものはないけど、僕は友達からの贈り物を大事にすることにした。

　それから僕らは仲良くなった。街で一緒に遊ぶこともあったし、その子を保留地に呼んで遊ぶこともあった。もしかしたら、その子の両親は嫌な顔をしたかもしれないけど、僕らは間違いなく友達だった。自然の話をして、仏教の話をして、将来の夢も話した。その子は医者になりたいと言って、僕はプロゴルファーになりたいと言った。


　ミラクルマンは画面を通して自分のことを語り続けた。

　誰しもが経験するような、幼少期の小さな挫折と回復の情景には胸を打つものがあったが、多くの〝Mアメリカ〟市民にとってはテレビ番組を見るくらいの感覚だ。とはいえ、今現在も作られている無数のくだらない動画と比べれば〝エンプティ〟のリアルという部分で圧倒的に勝利しているが。

　もちろんミラクルマンの公聴会は市民の間でも話題になっている。

　アメリカ人にとって「仏陀を信じるインディアン」というものは目新しかった。既に数千人もの人間が、ミラクルマンが語った親友は自分のことだと名乗り出ていた。

　目敏いライターなどはミラクルマンの公聴会が終わってもいないのに、独自に調べたアゴン族のレポートを書籍化して話題をさらっていった。ただし、そのベストセラーの内容はミラクルマン自身が語った経歴と違ったらしく、一年も経たずにフェイク扱いされてしまった。こちらが長い時間をかけて調べたことだろうと〝エンプティ〟側の一秒にも満たない言葉で覆されるのだ。不死に近い〝Mアメリカ〟の住民であっても、数年分の蓄積が無駄になるのは気分が悪い。だから公聴会を見届けてから議論しよう。そういう不文律が生まれた。

そして事態が動いたのは、ミラクルマンの公聴会が始まってから八年が経過した頃だった。

そんな穏やかな時間も、あの〝大洪水〟が起きて終わりを迎えた。

コピー人格の方がミラクルマンの発言をピックアップした。

話題が変わったことを知り、これまでコピーに任せていた人々が公聴会の様子を確かめに戻っていく。私も〝エンプティ〟と同じになるよう精神時間を落として、〝リアルタイムでの視聴を求めた。

黒くて不気味な死の波だ。

ニューヨークに降り立った波は、まるで数百年前に白人が辿った道をなぞるみたいにしてアメリカ全土を征服していった。それは一七六三年の王立宣言のようにアパラチア山脈を越え、一八三〇年の移住法のようにミシシッピ川を渡っていった。

次々と人が死んでいって、各地で暴動と小規模な戦争が起こったはずだ。そして〝大洪水〟になって、アメリカ西部も水浸しになった。白人は大昔に明白な運命《マニフェストデスティニー》なんていう言葉を使って、自分たちが西へ進むことを正当化したけど、あの〝大洪水〟を運命だなんて呼びたくはないと思う。アメリカに暮らす人間なら、誰だってね。

ミラクルマンの話題が〝大洪水〟に及んだ時から、公聴会の同時視聴者数は伸びていった。今では一千万人を超える〝Mアメリカ〟市民がリアルタイムで公聴会を見守っている。数多くの管理人格が集まっているから、街の方はコピーでいっぱいだろう。

そして僕の暮らす西の果てにも〝大洪水〟はやってきた。

まずサンフランシスコに暮らすアメリカ人の半分近くが〝大洪水〟の被害者になった。生き残った者でも、暴動と戦争で何百人も命を落とした。それから〝大洪水〟から逃げ出した人たちが田舎まで押し寄せて、そこでも戦争と死の波を撒き散らしていった。

そうした時、多くのインディアンはアメリカ人が自分たちの保留地に逃げ込んでくるのを防いだ。土地に踏み入ろうとする人間を必ず追い払った。近くの部族と協力して軍隊みたいなものだって作った。僕たちはただ、保留地に閉じこもって〝大洪水〟が終わるのを待っていたんだ。

そして、僕たちとアメリカ人は完全に断絶された。

保留地に引かれていた電気と水道は止まって、食料も自給自足になった。飢えに耐えられなかったインディアンは保留地から逃げ出したけど、ほとんどの部族政府はそうした人間を構成員から除外していった。

僕らの断絶の時代は数年も続いた。もうテレビもラジオも聞けなかったから、外の状況は断片的にしか聞こえてこなかった。そうこうしている内に世界は静かになって、いくつかの部族を代表して数人が様子を見に行くことにした。

すると、そこにはもうアメリカ人は——貴方たちはいなかった。

貴方たちは新しいアメリカを見つけていたんだ。人々がお互いに離れて生きていく中で、この現実の大地を必要としなくなっていた。僕の大事な友達も、別れの挨拶をすることもなく、この世界から去ってしまった。

そこでミラクルマンの顔から微笑みが消えた。ミラクルマンの落ち着いた調子とは正反対に〝Mアメリカ〟国内では騒ぎが大きくなる一方だった。あの忌まわしい〝大洪水〟を思い起こしただけでなく、その生き残りからのメッセージに戦慄していたのかもしれない。

アゴン族の神話について話そう。

この世界は水平の板で、その表面は水に覆われていた。そこに仏陀の前世であるハクトウワシとコヨーテがいた。やがて世界が少しだけ傾き、水のあるところと乾いたところに分かれた。ハクトウワシはコヨーテに様子を見てくるように命じた。コヨーテは水が消えている箇所を見つけ、そこを大地と呼んだ。それが僕らの暮らす世界の始まりだ。

これと同じような神話は他のインディアンも伝えているし、旧約聖書にも似た場面があるはずだよ。大洪水が起こった後に、大地に再び人が住めるかどうかをハトに確かめさせるんだ。

そして、次にミラクルマンが放った一言によって〝Mアメリカ〟は大きく揺れ動く。

だから僕は大地に残ったインディアンを代表して、貴方たちに呼びかける。

あの〝大洪水〟は去った。貴方たちは帰ってきても良いんだ。

3

アメリカが不安と断絶に覆われた時代があった。

人々はあれを〝大洪水〟と名付けているが、それは複合した災害を呼び表すもので、その発端は致死性の昏睡症の広まりだった。

流行病を恐れた経済は停滞し、多くの企業が倒産し、より多くの失業者が生まれた。やがて病気は社会の貧困層に蔓延し——当時の医療制度から言って当然の結果だったが——不満のはけ口として人種差別が横行した。その対応として実に前時代的な隔離政策が取られたが、それに西南部の州が反発し、各地で暴動が起こり始めた。警察機能は麻痺して、暴徒がいくつもの店舗を荒らして回った。有名人もメディアも煽りに煽って、いつしかアメリカに精神的な分断が訪れた。

大統領は人気取りのために他国を非難し続けて、やがて小規模な紛争を起こすと、今度は世論が完全に割れて複数の州が衝突するようになった。それと時期を同じくして二つのハリケーンが太平洋側を襲い、一つの地震がカリフォルニアを襲った。数万人が簡単に死んで、何百万人というアメリカ人が社会的に孤立した。

経済とインフラの喪失は人間から社会を奪い、暴力が共通の通貨になった。


アゴン族の教えに〝六つの生き方《タディ・ワドゥ》〟というものがあるんだ。

それは世界にある全ての魂の行く先を言ったもので、星の人々《スターピープル》、人間、戦士、獣、精霊、悪霊の六つに分けられている。魂は死んだ後、このどれかに生まれ変わる。その繰り返しさ。

あの〝大洪水〟の時代は、人間の魂は人間の皮をかぶったまま獣か、もしくは悪霊になっていた。欲しいものは他人から奪い、自分以外の誰かの不幸を願っていた。


私が自宅を出た時、ミラクルマンの動画が参照された。それまで〝大洪水〟のことを考えていたから、それに沿った内容を編集して出してきたのだろう。

自動運転車に乗って弁護士事務所に向かう間、私は半年ぶりに更新された公聴会の様子を見ていた。ミラクルマンの言葉は私たちを責めているようにも聞こえ、思わず画面から目を背けてしまった。

車窓の向こうに広がるのは、太陽が降り注ぐサンフランシスコの街並みだ。緑の木々と青い空を縫う無数の電線。淡い色合いの家々は古風で理想的なビクトリア様式。まるでドールハウスの見本市だ。

しかし、この光景は〝エンプティ〟には存在しない。

あの〝大洪水〟の渦中に起きた大地震が、この街の全てを破壊してしまった。トランスアメリカ・ピラミッドも、ロッタの噴水も、カストロ劇場もだ。だからミラクルマンが話すほど〝Mアメリカ〟と〝エンプティ〟の断絶が意識させられた。


多くの人々が獣や悪霊の魂を持っていた時代に、何人かは人間や戦士のまま生きた。そうした人たちは、自分たちの魂を良い場所へ導くための方法を考えた。そうだよね。


いくつもの災害が重なって、世界から社会が消えかけていた時、一部の人たちがアメリカを凍結保存することを選んだ。

最初の提唱者は巨大複合企業のCEOだった。以前から大仰な計画を発表することで有名な人物だったが、彼が実際に披露したものは間違いなく驚きをもって迎えられた。サンフランシスコにあるニューロテクノロジー企業が研究していたのは、人間の脳を凍結し、その精神をコンピューター上で走らせるといったものだった。それもアップロードされた精神は、現実時間の約十六万倍のスピードで活動できるという。

誰もが最初は一笑に付したが、発表されてから一ヶ月後に当のCEOが仮想世界からメッセージを送ってきた。これが〝新大陸〟の発見でもあった。

各地に潜んでいたトランスヒューマニズムの信奉者は、早々に用意されたチケットに飛びついた。続けて名乗りを上げたのが福音派と、いわゆる典型的なホワイト《W》・アングロ《A》・サクソン《S》・プロテスタント《P》たち。どちらも大統領の支持基盤。そんな彼らに付随して、他の宗教的保守層も神の国の到来を信じた。

そうして企業と契約した人間は地下深くに運ばれて、そこで脳を機械に繋いで肉体を凍結させる。精神だけがアバターをまとって、コンピューター上に作られた空間を自由に飛び回ることができる。時間の制約もない。

人々は〝大洪水〟から逃げるために箱舟に乗り込んだ。船の名前はメイフラワー号。新時代のピルグリム・ファーザーズは〝Mアメリカ〟に辿り着いた。

人間や戦士の魂は、星の人々に生まれ変わった。

その魂は天国に一番近い場所に暮らしていて、地上の苦しみから解き放たれて、ただ音楽を奏で、花を降らし、目を合わせるだけで子供を作ることができるんだ。

そして星の人々の寿命は長くて、彼らにとっての一日は、僕らの時間では四百年と言われている。アゴン族ではそう伝えられているけど、実際は逆だったね。現実で一日が経つ間に、貴方たちの世界では四百年以上の時が経っている。

かつて冷凍睡眠の研究が流行ったことがある。それは現在の医療技術では治せない患者を冷凍保存しておき、未来に技術が進歩した際に解凍し治療するためのものだった。

それと同じことを国家に対して行ったのだ。

現実世界を襲った〝大洪水〟の影響は、その後も数年は続くと予想されていた。アメリカが復活するまでの時間は、その五倍はかかるだろうとも。

それほどの時間を暴力と闘争に割くことはできない。アメリカは〝大洪水〟を無かったことにし、別の時間軸で生きていくべきだと主張する者が増えた。政府機能も仮想の〝Mアメリカ〟に移すべきだという声も出てきた。もし国家存亡の危機が迫ったのなら即座に解凍すればいいだけだ。その実質的な時間が僅か一日であろうとも、我らが〝Mアメリカ〟は数百年分の蓄積ができるだろう、と。

一枚のコインがアメリカ市民に配られたのだ。

コインの表は不老不死の達成、裏は現実世界からの逃避。どちらの面を見るかは自由だったが、それをベンディングマシンに投入すれば「恒久的かつ独善的な平和」が出てくる。あらゆる企業がリスクを分散するために精神時間を取り入れることにし、仮想の〝Mアメリカ〟への移住計画が着々と進んでいった。確かに対価は必要だったが、既に現実世界での資産は意味を成しておらず、支払い代金は移住先で稼げば良かった。とても効果的な宣伝だ。

やがて国家の凍結が現実味を帯びてきた。

先んじて〝Mアメリカ〟へ移転した企業は、数百年分の蓄積で様々な特許を取得し、それを外へ持ち出すことで世界経済の中で繋がりを維持した。また数多くの技術的進歩は、軍事と医療の完全な機械化を達成した。工場で新たに作られたドローンたちは大陸を監視しながら、破壊された土地を少しずつ修復する機能を持っていた。政府機関も次々と持ち込まれ、いつしか人間の手を介さずとも国家が動くようになった。

アメリカ崩壊の遠因である人種的対立ですら、半永久的な時間の中では消失した。あれほど争った人々が、仮想世界の中では手を取り合って生きることができた。ただ悔い改め、神を信じさえすればいい、まさに至福千年の実現だ。

そして現役大統領が〝Mアメリカ〟に旅立った時、この国は眠りについた。

星の人々になった貴方たちにとって、アメリカ大陸はもう必要ないのかもね。

しかし、この〝Mアメリカ〟にはミラクルマンのようなインディアンは含まれていない。公聴会での話にあったように〝大洪水〟の後に複数の部族と交流が途絶えてしまったからだ。

少なくない人たちが、インディアンも平等に〝Mアメリカ〟へ移住させるべきだと訴えた。しかし、その議論は立ち消えになった。

アメリカが生まれて数百年、白人はインディアンたちを何度も強制的に移住させてきた。その悲劇的な歴史を再び繰り返すのか。インディアンたちは自分たちの部族政府を持つのだから、その自主的な決定を尊重すべきだろう。そういった批判が続出した。実に傲慢な慈悲深さだった。

一方でインディアンを現実世界に残すことの効能も説かれた。

建国以来、白人が奪ってきたインディアンの土地を、つまり北アメリカ大陸を一時的であれ返却できる。我々は〝Mアメリカ〟に旅立ち、その代わりに彼らには大地を明け渡そう。そういった言説が溢れていった。アメリカが生まれた瞬間から抱えてきた罪を、この機会に清算しようとした。

私自身はそういった議論を疎ましく思っていた。

人から奪った玩具が壊れてしまって、それを返したから貸し借りはなしだというようなものだ。今までだって玩具が少しずつ壊れる度に、いつ返そうか、代わりのものを用意しようか、そんな風に悩んできた。これはアメリカの歪んだ良心だ。

今のアメリカは五百年前と同じ、誰のものでもない大地になった。ああ、そこは勘違いしないで。僕らインディアンはアメリカに住んでいただけで、この大陸は誰かのものじゃない。

でも僕らが喜んでいるのは確かだ。

多くの人々が大地から立ち去ったあと、この地に残ったのは僕らインディアンと、孤独に生きることを決めた人々、そして交代しながら貴方たちの世界を管理している最低限の市民たちだ。

もう僕らを縛るものはない。保留地は消えて、あらゆる部族が自由に暮らしている。インディアン同士での対立もあったし、いくらかの不便さはあるけれど、先祖の暮らしに戻るだけと思えば誰もが納得できた。

そして、ようやく事態が落ち着いたから、こうして貴方たちへの呼びかけも行える。貴方たちは帰ってきても良い。もう〝大洪水〟はなく、大地はすっかり乾いて、太陽は東の空に昇っている。

もちろん、わかってる。

たしかに星の人々の世界には多くの苦しみがない。星の人々の魂は、人間の魂よりも天国に近い。貴方たちは優れた魂を持っているはずだ。

だけど、それは〝目覚め《カマム》〟……、悟りではないんだ。

アゴン族の教えは〝六つの生き方〟を経て、最後に悟りを得ることなんだ。世界にある苦しみから、本当の意味で解放されるために今を生きることだ。僕たちは今、この荒れ果てた大地の上で悟りを探している。そして、いつか必ず辿り着く。

その時、僕たちは貴方たちを置き去りにしたくない。

ミラクルマンは微笑んだ。一年半ぶりの笑みだった。

私たちはミラクルマンの言葉を考える必要がある。数百年に渡ってアメリカが忘れようとしたはずの相手は、この〝Mアメリカ〟に手を差し伸べた。

4

精神時間の中で生きる〝Mアメリカ〟は全てにおいて悠長だ。

人々は働きたい時に働くし、休みたい時に休む。カウンターで注文してブリトーが出来上がるまで半日かかろうとファストフードと呼べるし、新作映画の上映時間は一週間超えが当たり前で『ベン・ハー』はショートフィルム扱いだ。

社会で発生する問題の大半は、人間の生きる時間と場所が有限だからこそ起こっていた。経済的な競争は意味をなくして娯楽の一部となり、他人と自身を比べる必要もなくなった。当然、人間の生理的な部分も排除されているから医療と食料、ゴミの心配もない。

人間関係だけは、未だに緩やかな繫がりが保たれている。

家族、友人、同僚は境界が曖昧なグラデーションになっている。お互いに会える時に会い、食事やゲームを楽しむ関係だ。恋人だけは毎日だって会いたいと言うが、それでも半年に一度ほど会えば十分に義理を果たせる頻度だった。

しかし、ミラクルマンの公聴会が始まってから、私はそういった人間関係から少し離れてしまっていた。

だから恋人のアレックスと会うのも二十年ぶりだった。

久しぶりのデートはジェファーソンスクエア公園で始まった。アレックスは無駄吠えしない賢い犬を連れていて、そのペットを解き放ってからベンチに腰掛ける。最初の会話は、しばらく会おうとしなかった私へ放った「まだインディアンに夢中なの？」という言葉から。

私は恋人に言い訳をしつつ、走り回る犬の毛並みの精細さに目を奪われていた。電子ペットの製作者は人気の職業の一つだ。

そうして陽光のもとで、アレックスと何十日も話し合った。やがて夕焼けとヤシの木のコントラストも見飽きた頃、アレックスの方からキスを求めてきた。


貴方たちのような星の人々が、どうして悟りを得られないのか、僕はそれを語らないといけない。

だから、僕は今から仏陀の話をしようと思う。


アレックスが部屋に入ってくる気配を感じて、私は即座にディスプレイを閉じる。ちょうどミラクルマンがアゴン族の伝承を私たちに披露してくれるタイミングだった。惜しい気持ちもあるが、続きは数年後にまとめて見ればいい。

ベッドに腰掛ける恋人に対し、私は寝転がったまま「そろそろ君を家族に紹介しようか」と伝えた。アレックスは太陽のような笑顔を浮かべて、私の上へと飛び乗ってきた。

仏陀は様々な動物や人間として生まれ変わった後、西の果てにあるサカ族という部族の人間に生まれ変わった。

サカ族はとても強い部族で、平原の豊かな穀物に覆われた土地に住んでいた。仏陀はサカ族の大戦士である〝清浄な穀物《クディアン・ドホ》〟の息子として生まれた。その母親は彼が生まれてすぐに亡くなってしまった。

母親が暮らす実家は郊外のポートラにある。

中国系アメリカ人の多い土地だったから、目抜き通りの商店には漢字の看板が並ぶ。そこから路地に入れば、なだらかな坂に同じような外見の白い家が並んでいる。割り当てられた土地は現実のサンフランシスコに住んでいた時と変わっていない。

懐かしい実家に帰れば、玄関口で母親が出迎えてくれた。彼女は「とても可愛い人」と言ってアレックスを抱きしめた。それは私が子供だった頃、母親が抱きしめる時にいつも使っていた言葉だ。

アレックスには、私の母親が既に亡くなっていることを伝えてある。あの〝大洪水〟が起きた時に、母親は崩れた家屋の下敷きとなってしまった。

「あの子はね、子供の頃は保安官になりたがってた。悪いインディアンを倒すんだ、って言ってたの」

今こうして、リビングでアレックスと談笑しているのは再現された母親だった。

「昔のことだよ」

この母親は、被災者救済を謳う企業がＡＩ化してくれたものだ。私が提出した脳の記憶をもとに作られているから、何もかもが記憶通りの母親だ。ＡＩの精度が良いのだろう、新しいことをするにしても本物の彼女がしそうなことだけを選んでいた。

だからきっと、彼女はアレックスとの結婚に反対したりはしない。

仏陀はサカ族の戦士として育てられた。何不自由なく暮らし、最も楽しい時間を過ごすことができた。やがて成人すると妻を娶って〝蛇の頭《セナ・カカヨ》〟という子を作った。

仏陀は満ち足りていた。人間が得られるものは全て手に入った。

だけど、そんな彼のもとに一匹のコヨーテがやってきた。コヨーテは仏陀に言った。貴方が持っていないものが四つあります、と。仏陀がそれはなんだと聞けば、コヨーテは大地の四方に行けばわかると答えた。

一年後、アレックスとの間に子供ができた。子供といっても、私とアレックスの遺伝子パターンを組み合わせて、ランダムに生成された人格ＡＩではあるが。

子供の名前はスパイカ。アレックスが適当に夜空を眺めて、最初に目についた星の名前をつけたものだ。私としては、公聴会で出てきた名前にちなんでセナにしたかった。ただ、それを口にすれば、未だにミラクルマンを気にかけていると思われてしまう。

私の生活において、ミラクルマンの語るアゴン族の伝承は大きな興味の対象だったが、そこの部分でアレックスとの折り合いはついていない。パートナーに隠れて公聴会の模様を追うのにも限界がある。とはいえ、結婚生活はお互いの自由を尊重しているから無用な衝突はない。

そしてスパイカは――多くの子供型ＡＩも同じだが――両親の手を借りずとも成長できる。赤ん坊でいる時間は設定で短くできたし、私とアレックスは二人とも、そうした手のかかる時期は一度だけ経験すれば十分と思う性格だった。だからスパイカは二年後には五歳ほどの容姿になって、両親のいないところでも活動できるようになった。愛情はあった。この〝Mアメリカ〟で暮らすようになって何千年も経つが、パートナーとの間に子供をもうけたのは初めての経験だった。それが現実世界と根本的に違うことは理解しているが、自分たちの分身を大切にするという意味では変わらない。よたよたと歩くスパイカは、私の首に手を伸ばして抱っこをせがんでくる。そして必ずこう言う。「とても、かわいいひと」

まず仏陀は南に向かった。するとそこにはカメがいた。仏陀はカメに聞いた。何故そんなに遅く歩くのか、それでは獣に狙われてしまうだろう。カメはこう答えた。私は長い時間の中にいます、これは老いです。仏陀は老いることを知った。

次に仏陀は西へ向かった。そこでは一羽のノスリが地を這っていた。仏陀がどうして空を飛ばないのかと聞けば、ノスリは答えた。私はすっかり羽が抜け落ちてしまいました、これは病というものです。仏陀は病気というものを知った。

さらに仏陀は北へ向かった。そこには動かなくなったヘビがいた。仏陀は聞いた。どうして私を襲わないのか。ヘビは答えた。私は自分の毒が体に回って動けなくなりました。これは死というものです。仏陀は死を知った。

最後に仏陀が東へ向かうと、一人の賢者が歩いていた。ようやく自分の知るものに出会えたと仏陀は喜んだが、賢者はそれに首を振ってこう答えた。貴方は今まで存在していただけだ。私は貴方とは違って、痛みと飢えを抱えて生きている。仏陀は初めて、生きることを知った。

仏陀は老いること、病にかかること、死ぬこと、生きることの四つの苦しみを知った。そこにコヨーテが現れた。これが貴方の持っていなかったもので、世界の全てにあるものです。コヨーテは人間に四つの苦しみを作ったんだ。

仏陀は納得し、最後に出会った賢者の後を追って東へ向かって歩き出した。

スパイカが十三歳の誕生日を迎えた。

その日はバスケットボールの試合があり、スパイカは同年代の子供型AIと一緒にゲームを楽しんでいた。両親に見守られる中、スパイカは真剣な表情でコートを駆け、二本のレイアップシュートを決めてみせた。そして試合が終われば、はつらつとした笑顔を浮かべて私たちの方へ近づいてくる。私たちは親子でハイタッチを交わした。

その日の帰りは家族でマーケットストリートまで出かけ、スパイカが欲しがっていたバスケットシューズを買ってやり、近くの寿司屋で豪勢なディナーを食べた。私もアレックスも子供の成長を喜び、ささやかな幸福を感じていた。

ただ一方で、そうしてお祝いの寿司を食べている時もそうだったが、すれ違う人々の会話にミラクルマンが登場する回数が増えていた。私も未だに公聴会で語られるアゴン族の神話をチェックしている。今のアメリカ人にとって、ミラクルマンと仏陀の話題は尽きない流行でもあった。


仏陀は賢者を追い、ひたすらに東へ歩いた。

やがて仏陀はシャスタ山に辿り着いた。その山には星の人々が集まっていた。シャスタ山は瞑想をする場所だった。

仏陀はシャスタ山で、まずアッラカという名前の星の人々に出会った。アッラカは自分が住んでいる場所こそが、全ての苦しみから解放された場所だと訴えた。アッラカはそれを〝空が去った《バイヨアマヤ》〟と呼んでいた。

仏陀はアッラカに従って瞑想を始めた。彼の言う通り、その場所には空が無かった。空は世界の形を繋ぎ止める枠だった。だから、その場所では想像したものが全て現れる。

仏陀は人生にある四つの苦が消えていくのを感じた。しかし、苦が消えるのを感じるということは、そこにまだ〝感じる〟という苦があるということだった。一度でも苦のことを想像してしまえば、それは他の全ての楽しみと同じように自分の前に現れた。

その瞬間、仏陀は自身の真上でハクトウワシが鳴くのを聞いた。思わず顔を上げると、そこに空が続いていることを知った。そこは完成された場所ではなかった。

仏陀はアッラカのもとを去った。


三人目の子供が生まれた年、スパイカは二十歳になった。

その年、私は仕事でニューヨークに行くことになり、二年ほど離れて暮らすことになった。別にコピーを連れていくこともできたし、ＡＩには空間の制約もないから、スパイカや他の子の名を呼べば自分の事務所に呼び出すこともできた。

しかし、私はそれをしなかった。

自分の子供と過ごす時間は平等にしよう。それはアレックスとの間にあった取り決めで、出張に行く直前まで、私は子供たちを構いすぎていた。

もし現実世界で子育てをしていたら、我が子は早くに家を離れていたかもしれない。しかし、あいにくと子供型ＡＩは自発的に自己所有権を放棄することはできないし、親の方もひたすらに続く精神時間の中では子供の成長に区切りをつけたりしない。

次に仏陀は、シャスタ山の頂上近くでウッドラマという名の星の人々に出会った。ウッドラマは〝空の上の空《ワノコマヤ》〟という場所に暮らしていた。そこにも空はなく、また風も吹かず、太陽の熱もない土地だった。喜びも苦しみも、全てが消えていた。静かに瞑想するには最高の場所だった。

しかし、仏陀は気づいた。自分が呼吸をすれば風は起こり、体を擦れば熱を持つ。何もない世界にも自分だけは残ってしまっていた。そこは完全な場所だったけど、自分がそこに入ることで完全ではなくなってしまう場所だった。

その瞬間、今度は空を飛んでいたハクトウワシが大地に降りていく姿を見た。ハクトウワシは空だけで生きることも、大地だけで生きることもなかった。その間にある真ん中の道を生きていた。ハクトウワシは賢者の姿になった。それは仏陀の前世でもあった。大地には未だに数多くのインディアンが暮らしていた。

仏陀は星の人々の仲間になることをやめて、シャスタ山を降りることにした。

数年ぶりに家へ帰ると、そこにスパイカの姿はなかった。

アレックスに子供の所在を尋ねれば、その三日後にスパイカは帰ってきた。しかし、その顔は以前のものとは違っていた。私と似ていた目元と輪郭は別の形になり、髪の色はプラチナブロンドに、瞳は灰色になっていた。

　スパイカは知らない間に別人の姿になっていた。

　私が不思議そうに子供を見ていると、アレックスは愛おしそうにスパイカを抱きしめた。

「成長したら、スパイカの顔と髪のバランスが良くないって気づいたから」と、アレックスは自分の判断を誇っていた。まるでカーテンの柄を変えたことを報告するようだった。

　事実として、その程度の変化でしかない。

　ただ、全く不満がなかったわけではない。

　アレックスへの当てつけのように、子供型ＡＩに手を加える費用を問い詰めた。するとアレックスは「知り合いの電子ペット製作者に頼んだから安かったよ」と告げ、軽く指を振って製作者のアドレスを送ってきた。それは、かつてアレックスが飼っていた犬の製作者だった。あの賢い犬は、大きくて邪魔という理由で十数年前に削除されていた。

　スパイカがアレックスから離れ、私の方へ近づく。「抱きしめてあげて」とアレックスは言う。私は、すっかり大人になった我が子を抱きしめる。

　スパイカは何も言わなかった。


仏陀は星の人々の世界では悟りを得られないと気づいたんだ。

そこは何もなくて全てがある世界だけど、苦しみは必ずつきまとう。星の人々の寿命は長いけど、いつかは衰えて死に向かう。その悲しみと苦しみは人間よりも大きい。

だから仏陀はシャスタ山を降りて、もう一度人間になったんだ。仏陀の生き方は、高すぎず低すぎず、それでいて自由に世界を飛ぶハクトウワシの生き方だ。


その夜、アレックスは八人目の子供にビートルジュースと名付けた。

私たちは、他の六人の子供と一緒に星空を観察していた。新しい兄弟にぴったりの名前を探すつもりだった。夏の空で目についた星は今いる子供とかぶってしまうから、冬の夜空が来るまで何十日も公園で待っていた。

アレックスは何の気なしに「スパイカはどう?」と提案してきたが、それは最初の子供に使ったものだからと拒否した。確かにあの頃は育成のノウハウもなくて、スパイカは満足いく結果にならずに、もう五年ほど前に削除してしまった。それでも記念のようなものとして名前は使わないようにしていた。

他の子供たちも、今残っているのは何度かの試行錯誤を経た結果だ。それぞれ食品コスト管理、気象演算、メンタルケアのサポートAIといった形で〝Mアメリカ〟に貢献できている。

ただもし、新しい兄弟がより良い結果を残したら、この内の誰かは削除されてしまうかもしれないが。

だから――ああ、ごめんなさい、話しすぎたみたいだ。

公聴会は休憩の時間らしい。まだ仏陀の悟りについて語っていないけれど、まずは星の人々である貴方たちの世界が完全じゃないっていう話はできた。

続きは明日だ。貴方たちの世界では何百年後かな。

5

ミラクルマンの第一回公聴会が終わった。

こちらでは九十年ほど経ったが、〝エンプティ〟では五時間が経過したくらいだろう。全ての結論は翌日の第二回に持ち越された。つまり〝Mアメリカ〟には、ミラクルマンの言葉を検証するための時間が与えられた。およそ二百年ほどだが。

いまさら言うまでもないが、ミラクルマンの第一回公聴会には無数の反対意見と、その十倍ほどの熱狂的な支持が寄せられた。最大視聴者数は八千万人で、全盛期のスーパーボウルに迫る勢いだった。今の人口で考えれば九割以上の市民が一度は見たことになる。

中にはミラクルマンを口汚く罵る言葉もあったが、そうした時には必ずインディアンに対するアメリカ人の歪んだ良心が発露した。不用意な発言をした個人はプロフィールを暴かれ、徹底的に追い込まれ、謝罪を強要された。インディアンは尊重すべき存在であり、白人が貶めていい相手ではない、と。それはそれでミラクルマンを下に見ているようで、私自身は肯定しきれなかったが。

いずれにしろ、ミラクルマンの顔を見ない日はなかった。

公聴会の録画は何度も再生され、その映像をもとにした無数の後追い作品が発表された。テレビでも映画でも、何度だって再放送されていた。あるテレビ局などはミラクルマンの半生をドラマ化すると発表したが、これは〝エンプティ〟にエージェントを送り、ミラクルマン本人から許可を得るまではお預けだろう。

そして、ミラクルマンの言葉をまとめた書籍も次々と発行された。書店を見れば、そこには『ミラクルマンの言葉』や『アゴン族の教え』、『大地とブッダ』といったタイトルの本が平積みされている。次々と刊行される本をスピリチュアル系の棚に収める店もあれば、ポップスターの自伝と並べる店もあった。

あえてミラクルマンの話題に触れないようにしていた私でさえ、スーパーマーケットのレジ近くに並んでいたペーパーバックをカゴに放り込むことがあった。中身は仏教の教義とアゴン族の伝承を並べて語るようなもので、他のものと大差ない。

またアゴン族が住んでいたというリトル・ペニー保留地も観光名所の一つになった。連日連夜、ミラクルマンの足跡を確かめたい人々が列をなしたという。しかしながら、そこは他の多くのインディアン保留地と同様に、看板の向こう側は写真から再現されただけの空間だった。現住者による編集が施されていない、単なる無人のデッドスペースだ。それでも多くの人々には、その解像度の低い光景が神秘的に映っただろう。

このミラクルマンブームの中で〝Mアメリカ〟は数多くの議論を重ねた。

一番大きなものは、アゴン族の存在は真実かどうか、というところだった。ミラクルマンの言葉は今の私たちにとって重要だったが、だからこそフェイクであることを疑われた。仏陀の教えを守るインディアンなど存在しないと、否定派は声高に訴えた。

これに最初の答えを出したのがインディアン管理局だった。

アゴン族の名前が初めて確認されたのは、一九五八年のカリフォルニア・ランチュリア終了法で、そこにはミラクルマンが生まれたという、リトル・ペニー集落が解体された際の記録が残っていた。また集落解体から十年後に、アゴン族は近隣の部族と共に、自分たちの土地を返還するよう州政府へ訴訟を行っていた。この集団訴訟は九〇年代まで長引き、実際に土地が返還されたのは二〇〇〇年以後だったという。

一方、歴史的にアゴン族の名前は悪名高きドーズ法にもなく、インディアンニューディールと呼ばれた再編成法にも登場してこなかった。この一点から、存在否定派は「アゴン族は二〇世紀後半に作られた架空の部族」だと主張する。肯定派はそれに対し、ミラクルマンの言葉を借りて、それまでリトル・ペニー集落がポモ族の一部として見られていた結果だと反論した。そうした二つの意見は、ここ百二十年ほど平行線だ。

では、そのインディアンが仏陀の教えを伝えるようになった歴史的経緯はどうだったか、と話は展開する。

最初に議論が起こった頃、否定派は単純に、アゴン族は八〇年代にカリフォルニアで溢れていた仏教ムーブメントに乗っかっただけとした。肯定派もアゴン族の教えには日本仏教の影響があることを認めながら、彼らなりに妥当な説を考えた。それは中世日本の仏教僧が太平洋を渡った結果、アメリカ大陸西岸に辿り着き、そこでアゴン族の先祖と交流したというものだった。さらに肯定派は日本仏教の歴史を確認し、補陀落渡海――それは仏教僧が殉教するために、船に乗って太平洋へ漕ぎ出す自殺的航海だ――の文化を紹介した。突飛な説ではあったが、そこにロマンを感じた一部のクリエイターたちは肯定派の意見を

なる。

　しかし、アゴン族と仏陀についての議論は、否定派も肯定派もやがて口を閉ざすことになる。

　ある歴史学者が、アゴン族の一部が近隣のミウォク族と親戚関係にあったことを発見した。その学者は元インディアンで、部族を捨てて〃Mアメリカ〃に来たことで有名だった。

　例示されたミウォク族の氏族は、カリフォルニア州マンザナーに保留地を持っていた。そして、この山に囲まれた荒涼とした大地は、第二次世界大戦の時に日系アメリカ人の強制収容所として使われていた。インディアンたちは収容所で働かされ、日系人と交流を持ち、その中で仏教を伝えられたのだ。歴史学者は、そう結論づけた。

　インディアンと第二次世界大戦時の日系人、アメリカが抱える大きな負の遺産が二つ合わせて飛び出してきた。それらは、ひしゃげた鉄枠のように絡み合い、解き放つことなど不可能だった。

　否定派も肯定派も、それ以上の追求に尻込みした。ここで議論するよりも、第二回公聴会の開催を待ち、ミラクルマン自身に語ってもらった方が良い。それが両者の妥協点だった。

　そして前回の公聴会の終了から約三百年後、一億人の市民の注目が集まる第二回公聴会が始まった。

おはよう。この声が届いているといいけど。

画面上にミラクルマンが現れた。

以前と変わらない長い黒髪に鋭い目、そして口元のかすかな笑み。〝エンプティ〟にとってはたった一晩だが、この〝Mアメリカ〟にとっては数百年ぶりの再会だった。

今日は昨日の続きを話そうと思っていたけど、貴方たちはもっと別のことが気になるらしい。わかった。そっちを先に話すことにしよう。

僕に宛てて、インディアン管理局から質問が来ていたよ。

貴方たちはアゴン族が実在するのかどうか、それが気がかりなんだろう。仏陀の教えから言えば、僕たちは存在していても、存在していなくても同じなんだけど、頑張って答えてみる。

まず僕の経歴は昨日話した通りだ。もしかしたら、貴方たちの中には、僕らをインディアンらしいインディアンだと……、たとえば自然を大事にするとか、物質世界とは離れて暮らしているとか、そういったイメージを抱いている人もいるかもしれない。だけど、僕は普通のアメリカ人だ。ゲーム機も持っていたし、映画やドラマのストリーミングサービスだって使ってた。

僕の父親だって、少なくとも僕が見る限りは普通のアメリカ人だった。ただ、そうだね……、そういう意味で彼は現代的なインディアンだった。

僕の父親は都市部に暮らすアーバン・インディアンだった。保留地から出て、普通のアメリカ人として生活しようとしたらしい。普通の仕事を探して、何度も失敗して、いつしかアルコール依存症になっていた。でも、これは僕が生まれる前の話だから、確かなことは言えない。

街で生きるのに挫折した父は保留地に戻った。そこでアゴン族の女性と結婚し、僕が生まれた。ちなみに彼のアルコール依存症は治ってなかった。

ある時、白人の投資家がやってきて、父親にカジノ経営をしないかって持ちかけてきた。他の部族はインディアンカジノで成功していたから、父親もそれに乗り気だった。賭博は多くのインディアンにとって文化的なものだったし、仏陀の教えにも賭博を戒めるものはなかったからだよ。でも、それは上手くいかなかった。彼が開いた小さなビンゴ場のすぐ近くに、別の部族のカジノがあった。それは豪華なリゾートタイプだった。

カジノ経営はすぐに破綻した。さらに州政府はアゴン族を絶滅部族だと言ってきて、保留地でのカジノ経営は違法だとしてきた。

そうか、ここの部分で貴方たちはアゴン族が存在していないと言ってるのかな。だとしたらお互いに不幸だね。アゴン族は絶滅部族じゃない。そうやって裁判で争っている内に〝大洪水〟が起きて、この件は有耶無耶になってしまったんだから。肝心の父親も病気で亡くなったよ。

父親についてはそれくらいだ。貴方たちが興味を持つとするなら、僕に仏陀の伝承を教えてくれた祖父の方かもね。

昨日も話したように、僕の祖父はアゴン族のアラカだった。仏陀の教えを守って、悟りを得るために修行をするような人のことだよ。一応、今日の公聴会のために祖父から聞いてきた話もある。

貴方たちからの質問にもあったけど、たしかにアゴン族は数十年前までは部族として目立たない存在だった。独自の教えを持っていたけど、それを他の部族や白人相手に披露することはなかったからだ。

それを外の人たちに認めさせようとしたのが、僕の祖父の世代の人たちだった。当時はなんて言ったっけ、そうだ、レッドパワー運動って言って、色んなインディアンの部族が自分たちの権利をアメリカに訴えてたよね。祖父もそういった人たちの一人だった。一九六九年にカリフォルニアのインディアンたちがアルカトラズ島を占拠した時も、祖父はその場所にいたよ。

祖父は白人が嫌いだったんだ。祖父の父親、僕の曽祖父は寄宿学校に入れられて白人から虐待を受けていた。良いインディアンは死んだインディアンだけだ、そんな言葉が流行してた時代だ。

それから……。ううん、やめておこう。

こうして先祖の話をしていくと、どうしたって過去の不幸な記憶を話すことになる。それは貴方たちが聞きたい話かな？

そこでミラクルマンは言葉を止めた。いつしか微笑みは消え、思い悩むような、それでいて冷たい表情があった。

他の視聴者の反応を見るまでもない。多くの白人にとって、過去の野蛮な歴史は拒否反応を示す。〝Mアメリカ〟は何度も揺れ動いた。ミラクルマンの話が進むにつれて〝Mアメリカ〟の存在を疑ったばかりに、忘れていた古傷が開いたのだ。一方的にスターとして祭り上げたミラクルマンからの告発は、市民たちに予想以上のショックを与えた。

その時の私はリアルタイムで視聴を続けていたから、そういった論争とは離れて過ごすことができた。もし渦中にいたなら気が気でなかっただろう。

そしてミラクルマンもまた、自分の言葉が〝Mアメリカ〟に影響を及ぼすことを理解しているのか、それ以上は何も言ってこなかった。

それでも、次の言葉によって私たちの世界は大きく変わった。

貴方たちは気になっている。本当に〝大洪水〟は去って、アメリカは再生したのか。自分たちは帰っても良いのか、と。

貴方たちは不安なんだろうね。

たとえば、僕らインディアンが貴方たちを深く恨んでいて、この公聴会は復讐のための物語だったとしよう。そう、実はアゴン族なんて本当は存在しないんだ。僕が語った全てが嘘で、貴方たちを何もなくなった無残な大地に誘き寄せるための罠だったとしたら。

最初に言ったね。僕は一羽のハトで、ココーテだ。

貴方たちはココーテを信じてくれるかな？

その笑みは、呪わしいほどに美しかった。

6

私は精神時間の速度を落として、ミラクルマンの公聴会をリアルタイムで視聴することにしていた。

既にミラクルマンへの興味を隠す必要はないし、家族のための時間を取る必要もない。アレックスとは八十年前に別れていた。四千年近い交際期間と比べれば、なんと儚い結婚生活だっただろう。

貴方たちは僕に何を見るのかな。

救いを告げるために飛んできたハトか、復讐のために騙す狡猾なコヨーテか。その選択は任せるよ。

ミラクルマンの言葉によって〝Mアメリカ〟は大きく二分された。

一つは今すぐにでもアゴン族と協力し、アメリカ復興を成し遂げようとする者たち。もう一つは、ミラクルマンの言葉が全て嘘であると考える者たち。

復興を目指す人々の言い分は簡単だった。自分たちのアメリカは〝エンプティ〟にこそある。だから起きるのは当然だ。それはミラクルマンが伝える仏陀の言葉によって、文字通りに目覚めることを目的とした。

反対する立場の方は厄介だった。インディアンたちは白人に復讐しようとしている。ミラクルマンは〝Mアメリカ〟を騙している。もし〝エンプティ〟に行こうものなら、冷凍睡眠のポッドから出た瞬間に頭をトマホークで割られるに違いない。客観的に見れば馬鹿げた意見だが、半ば恐慌状態に陥っている市民はこれに同調した。

街のあちこちで二つの派閥が言い争いを始めている。ミラクルマンの本を焼く者もいれば、アゴン族を真似て仏陀の教えを説く者たちも現れた。

しかし〝Mアメリカ〟には時間だけはあった。だから、いつもと同じ決断を下す。問題は先延ばしにし、妥協策を考えよう。

市民は再びミラクルマンを注視することにした。

ここで仏陀の話の続きをしよう。

それは星の人々である貴方たちに悟りの道を伝えるためだ。仏陀がどうやって悟りを得たのか、僕らは何をすれば悟れるのか。それを話す。

私はミラクルマンが伝える仏陀の話を自宅で聞く。

ディスプレイを眺めていると、部屋に入ってきたスパイカがビール瓶をテーブルの上に置いて去っていく。今度のスパイカは余計な会話をしない。そういう形に育てた。誰にも気兼ねすることもなく、ビールに口をつける。百年以上前にアレックスと別れてから、かれこれ十八人の相手と結婚した。今のパートナーとはお互いに干渉しない生活を選んだ。子供型ＡＩを作ることがあったら、必ずスパイカという名前をつけた。しかし、その誰とも家族にはなれなかった。

今の私にとって重要なものは、ミラクルマンが語る仏陀の話だけだった。

昨日は仏陀がシャスタ山を降りたところまで話したね。なら、その続きだ。

仏陀は荒野を歩き、カリーゾの平原に辿り着いた。そこはチュマシュ族の聖地で、数多くの精霊がいた。仏陀は精霊たちの中で修行を続けた。

仏陀は自分を消そうとした。

それは星の人々の生き方を見たからだ。どれほど空という枠を外して生きても、自分が存在する限りは苦しみから逃れられない。だから仏陀は存在を消して、苦しみを断とうとした。

仏陀は何も食べず、何も飲まず、何日も動かずに過ごした。死に近づく度に精霊たちは祝福した。大地に還れば苦しみから解放されると精霊たちは言った。

ついに仏陀が死を得ようとした時、今にも死にそうな飢えたコヨーテが現れた。仏陀は自分を食べるように告げるが、コヨーテは仏陀を襲うことなく、その目の前で死んでしまった。その時、仏陀は自分の骨と皮だけの体では、コヨーテの腹を満たすこともできないと気づいた。

自分は自然から様々な恩恵を与えてもらったのに、それを返すことなく死のうとしている。仏陀は自らの存在を消そうとすることは悟りではないと知った。

仏陀は平原を去ることにした。仏陀を祝福した精霊たちは〝五匹のウサギ《ナシ・マカラ》〟となり、その旅に同行することにした。

いまや〝Mアメリカ〟は完全に二つに分断されてしまった。

一方はミラクルマンを信じるハト派、もう一方はミラクルマンを敵視するコヨーテ派。

片方が仏教の聖地だと信じてロサンゼルス郊外のニューベリーパークを巡礼すれば、もう一方は現地に大量の攻撃BOTを放置していく。

ミラクルマンが公聴会で一言発する度に、何万人という市民がフォーラムに意見を寄せる。その妥当性など検証されもしない。二分された市民はどちらかに偏ることはなく、ハト派もコヨーテ派も、意見一つで簡単に思想を転向させていった。

また事態を煽るように、一部の市民が相手にクラッキングをしかけて直接的な攻撃をするようになった。

この〝Mアメリカ〟では肉体的な被害はないが、たとえば現実時間を数秒でも遅延させれば、その個人の数日が消失する。それを連続で繰り返すだけで、大きなストレスを与えることができると証明された。あるいは対立する相手の電子資産を盗んだり、数百年もかけて作成した家を放火したりといった過激な行動も増えていった。

両者は分かり合うこともなく、自分の目的を果たすために反対の立場の者を攻撃し、また仲間を増やしていった。

まるで〝大洪水〟が起こる直前のアメリカと同じだった。

平原を去った仏陀はサトワイワの集落まで歩いた。しかし、これまでの修行のせいか、そこまで来て空腹で動けなくなった。

仏陀が間違った死を迎えようとしているところに、一人の〝トウモロコシの乙女《クマタ・マイ・イシ》〟が現れた。乙女は死にかけの仏陀にトウモロコシを磨り潰して水で溶いたものを施した。仏陀はそれによって空腹を満たした。

力を取り戻した仏陀は立ち上がり大地を歩いた。仏陀は近くにあったオークの樹の根元に座って、静かに瞑想を始めた。

仏陀は自分を見つめ直した。自分が生まれたサカ族は豊かな部族だった。しかし四つの苦しみがあった。星の人々は自由に生きたが、そこにも自分という苦しみはあった。だから自分を消そうとしたが、それでは大地に生まれた意味を果たせなかった。

必要以上に豊かになることはなく、必要以上に苦しむことはなく、たった一杯のトウモロコシの粥で命を得ることが大事だと、仏陀はそう気づいた。

真ん中の道で生きることが悟りへ続くんだ。


時代を経るごとに混迷が深まる中、約三千年ぶりに新たな監視員が〝Mアメリカ〟に帰ってきた。

監視員は、外の世界とこちらの世界を繋ぐ存在であり、過酷かつ重要な使命を果たす存在だ。彼らは前世紀における宇宙ステーションのクルーのように、交代しつつ〝エンプティ〟での管理メンテナンスと調査を担う。滞在期間は一週間だが、こちらでは三千年間もの時間が経つことになる。だからこそ監視員には、数千年の時代の変化を受け入れられるだけの精神的安定と人格が求められる。

その監視員が、公聴会の場で突如として泣き出した。

数回の公聴会を経て、ようやく落ち着いた監視員が述べたのは「早く帰って悟りを得たい」だった。既に監視員にとって〝Mアメリカ〟は帰るべき場所ではなく、自身の修行を妨げる場所になっていた。その事実に多くの市民が混乱した。

「アメリカは今、復興に向けて歩き始めている」

その文言で、監視員の報告は簡潔にまとめられた。

現実世界では、一ヶ月ほど前からアゴン族を始めとする各地のインディアンたちが相互協力し、アメリカ大陸を守っているという。これまで政治と経済は〝Mアメリカ〟が十分に担ってきたが、現実の人間による地道な復興には着手できなかった。

だがインディアンたちは大陸に残っていた。カリフォルニアの諸部族、プエブロ、ラコタ、チェロキー、チョクトー、ナバホ……。いくつもの部族が各地で連帯し合い、破損した家屋を片付け、自動で働くドローンを修理してきた。様々な経緯で〝Mアメリカ〟に移住できなかった人たちを助け、自分たちの部族に迎え入れて食料を分けていった。また彼らは自警団を作り、あらゆる暴力と略奪に対抗していった。

今、この瞬間も〝Mアメリカ〟が眠る施設の外ではインディアンの連合警察が警備に当たっているという。この世界は彼らによって守られていた。

この監視員の報告はハト派を勢いづかせ、市民はアメリカ復興のために協力すべきと声高に訴え始めた。それは結構だったが、対するコヨーテ派は「監視員はアゴン族に買収されたか、洗脳されている」という意見を出してきた。

どこまでも二つは交わらない。この対立を引き起こすことこそがミラクルマンの復讐だったというなら、コヨーテ派の意見が正しかったことになる。

仏陀はオークの樹の下で瞑想を続け、やがて彼は四つの真理に辿り着く。

一つ目は世界の全てが苦しみだということ。生きること、老いること、病気になること、死ぬことの苦しみ。さらに他人を愛する苦しみ、他人を憎む苦しみ、求めても得られないことの苦しみ、自分の体が存在する苦しみ。全部で八つの苦しみだ。

スパイカの家族が消去された。

私の子供たちと、その子供たち、さらに生まれてきたばかりの三世代目の赤ん坊たち、合わせて十六人のＡＩの家族が暮らす家は放火され、無意味なデータの瓦礫で埋め尽くされた。クラッキングを受けたスパイカの家族は意味不明な言語しか吐かなくなり、テクスチャも剝がされてただ蠢く黒い影となった。スパイカたちは不要なデータ群となり、州政府の計算領域を圧迫し、やがて報告を受けた職員によって簡単に削除された。

スパイカが狙われたのは、私の管理権限が付与されていたからだった。

ミラクルマンを巡る騒動の中で、未だにフォーラムで立場を表明していない私は双方の派閥から嫌われていた。それでも〝Ｍアメリカ〟は市民同士での攻撃は不可能だったから、その代償として関係あるＡＩや制作物を破壊することにしたのだろう。

こういった例は巷に溢れていた。この世界は完全に分断されて、それだけならまだしも、どちらかに与しない者への攻撃は苛烈になっていく。

この頃になると、既に今のパートナーとも連絡がつかなくなった。離婚するでもなく、ただ歩み寄ることがなくなっただけだ。それも半永久的な距離で。

二つ目は全ての苦しみには原因があるということ。

老いて死ぬ、生きるから老いる、産まれたから生きる、固まろうとしたから産まれる、求めたから固まる、感じたから求める、触れたから感じる、自我があるから触れる、形があるから自我がある、分かれたから形がある、向かうから分かれる、暗いから向かう。

ここは喩え話にしようか。

ヨーロッパで暮らしていた白人の中で、苦しみの果てに新大陸を目指した人たちがいた。暗闇に方向を見つけた。彼らはアメリカというものを見つけ、ヨーロッパとは違うものとして分けた。人々の中に形ができて、自我になった。人々の自我はインディアンや黒人奴隷や、他の移民たちに触れた。他者を知覚した彼らは一つの存在になることを求め、固まろうとした。やがてアメリカが産まれて、生きた。

そしてアメリカは老いて、死んだ。

だけど苦しみは繰り返す。輪廻だ。貴方たちは再び暗闇から逃れようとして方向を見つけ、そちらへと向かった。どうかな。全ては繰り返しだと思うよ。貴方たちは、そっちでアメリカと同じ道を辿ってはいないだろうか。僕はそっちのことは知らないけど、苦しみは繰り返していないかな。

僕の声が届くことを願っているよ。

ミラクルマンが言葉を重ねるほどに〝Mアメリカ〟の混迷は深まっていく。

二つに分かれた市民は長い時間をかけて争い続けた。それが長引くほど、答えからは遠ざかっていく。今すぐにでも目覚めたい一派は、連邦政府と実質的に〝Mアメリカ〟を管理する企業へのデモを続けた。反対派はこの分断こそがミラクルマンの狙いだったと訴え、より強固に団結していった。もはや両者はカルトじみた熱心さで、自分たちの立場が正しいことを証明しようとしている。

より冷静な者たちはミラクルマンの言葉を吟味し、今の状況そのものが仏陀の教えにある輪廻する苦しみであると気づいた。

それを後押しするように、この〝Mアメリカ〟を作ったニューロテクノロジー企業が新たな方針を示した。まさしく暗闇に方向を作ったのだ。

ニューロテクノロジー企業は、希望する市民にシェルターとなる空間を提供するとした。地上を覆っていく黒い波から逃げるための避難所だ。しかも、その空間では今の精神時間を、さらに十倍から千倍まで長く設定できる。またシェルターには宇宙を模した仮想環境が置かれ、それをサンドボックスとして自由に改変できるという。

いよいよ人間が神の領域に踏み込むことになる。

どうやら件の企業は、最初から〝宇宙〟を売り込むつもりだったらしい。この〝Mアメリカ〟に満足できない人間が現れた時、もしくは取り返しがつかないほどに社会が乱れた時、この魅力的な避難所を提示する。

そして宣伝は効果的だった。今の社会を冷笑的に見る人々、とっくに飽きている人々、新しいものを求める人々。彼らは流行りのオンラインゲームを乗り換える程度の感覚で、新しく用意された〝宇宙〟へと旅立っていった。

この世界に残ったのは、未だにミラクルマンに未練がある者たちだけ。良くも、悪くも。


続けよう。仏陀が見つけた三つ目の真理だ。

全てが苦しみで、苦しみには原因があった。そして、その根本は暗いから起こることだった。最初の暗闇をなくさない限り、苦しみは何度も続いてしまう。

だから逆に、その暗闇をなくすことさえできれば、全ての苦しみを消すことができる。

それが仏陀の悟りだ。


その日、私は母親と別れることにした。

既に〝Mアメリカ〟の市民は半分以下になっていた。ここを去った半分は新しい〝宇宙〟へと逃げ込んだか、もしくは裁判で権利を勝ち取って冷凍睡眠から目を覚ましたという。

残された市民たちは泥沼の争いから足を引き抜くことができず、自分とは違う他者を排斥していった。私のような曖昧な立場にいる者が最も弱い存在だった。

ある日、ポートラの実家から緊急のコールがあり、私が現地に行ってみれば、そこに荒れ果てた街があった。

路上には攻撃ＢＯＴが常駐して火を吹き、無人となり管理者を欠いた家屋が瓦礫に作り変えられていた。かつての〝大洪水〟を再現するような、実に悪趣味な博覧会が催されている。

その中心にある実家は、外壁のテクスチャこそ卑猥な言葉で覆われていたが、内部は私の過去の記憶にある通りのままだった。おそらく私を憎んで街を荒らした誰かも、セキュリティを突破してまで嫌がらせをしようとは思わなかったらしい。

母親は未だに無事で、私がそばに駆け寄ると「とても可愛い人」と言って抱きしめてくれた。ＡＩは何事もなかったかのように、ソファに座る私にハーブティーを淹れてくれた。

この時には既に、私は母親を削除しようと決意していた。

これ以上、私のせいで実家が荒らされるのは忍びない。今はまだ無事だが、もっと技術を持った人間に目をつけられれば、母親の思考も書き換えられてしまうだろう。私を罵倒するか、それとも自殺衝動に駆られて首を吊るだろうか。

母親のそうした姿を見たくはなかった。

私は管理権限を使い、母親を削除するように指示した。中空にディスプレイが浮かび、数回の認証を経て、同意書にサインした。

その時、母親がチェストの上から小さな人形を取り上げた。

「この人形、覚えてる？」と言って、母親は私の方へ保安官の人形を差し出してくる。

「貴方が十歳になった時のプレゼント」

それは、私が子供の頃に好きだった保安官のキャラクターの玩具だった。カウボーイハットにスカーフ、胸元のシェリフスター。今にして思えばチープなデザインだ。

「貴方は保安官が好きだった。悪いインディアンをやっつけるんだ、って言って。よく保安官のマネをして遊んでた」

母親は保安官の人形を抱きしめながら私に近づいてくる。過去を懐かしむような表情に、薄っすらと涙が見える。消されようとしている自分を知って、私の同情を引こうとするように。

事実、これは家族型ＡＩに搭載された機能の一つに過ぎない。管理者がＡＩと喧嘩した時に、衝動的に削除できないようにしたものだ。ＡＩは予め設定された中で、最も情に訴えかける場面を選択する。

「お母さんを守るんだ、って。だから保安官になりたいって、貴方はそう言ってた」

母親は私を抱きしめ、平和だった頃の思い出を語りかけてくる。一緒に映画を見に行った時の話、私が食べたいと言った料理を頑張って作ってくれた時の話。どれを聞いても胸が苦しくなる。

それでも私は迷うことはなかった。

この母親を守るということは、私自身の記憶を守るということだ。もう既に本当の母親は存在せず、大事にしていた保安官の人形も焼けてしまった。

「ありがとう、母さん」

私はディスプレイに表示された同意書を再びタップする。最後の確認が終わり、母親は私を抱いたままの姿で消えていった。

「良いインディアンも、悪いインディアンも、いなかったよ」


四つ目は、仏陀が得た真理の中で最も重要だ。

仏陀は苦しみの原因を断つことを考えた。それは高すぎず低すぎず、熱すぎず冷たすぎず、近すぎず遠すぎず、ちょうど全ての真ん中の道で生きることを説いたものだった。

第一は正しく知ることだ。自分がいること、他人がいること、因果応報があること、様々な苦しみがあること、苦しみには原因があること。それらを正しく知る。これが一番大事だ。

第二は正しく考えること。憎しみや怒りは自分を傷つける。力を振るえば他人を傷つける。必要以上に欲しがれば、そのどちらかになってしまう。それはいけないことだ。第三は正しく語ること。嘘を吐かず、仲違いをさせるような言葉を使わず、言葉を飾らない。僕はこれが苦手だ。おっと、こうした無駄話もよくない。第四から第八まではより実践的だ。正しく考えたことを実践し、必要とされた仕事をし、良いことをして悪いことをしない。そして自分の魂がどういう状態かを知り、その魂を正しく保つ。

この八つが悟りを得るための道だ。仏陀はそこに気づいた。

私が〝宇宙〟へ旅立つ日の朝、最後にその地を訪れた。

幼少期を過ごしたブーンビルの街。そこから西へ少し行くと、アゴン族のリトル・ペニー保留地がある。この時期ともなると、さすがにハト派の巡礼者も姿を消していて、あとには何度もテクスチャを張り替えられた看板があるだけだ。

私が灰色の土地へ一歩踏み込むと、その途端に複数のレイヤーが重なっていく。画素数の少ない映像はノイズを残し、ステージセットじみた建物が精緻なものへと書き換わっていく。大量の草に覆われた山林がある。これまで誰にも参照されてこなかった空間が、ただ一人、私の記憶を辿って更新されていった。

　これは誰にも告げなかった、私だけの記憶だ。

　インディアンの保留地に遊びに行くな。母親には何度も苦い顔をされた。それでも私は大事な友人に誘われるたびに、この地へ来て一緒に遊んだ。

　草をかき分けて進んでいく。ふと足元を見れば、そこに一匹のガラガラヘビがいた。

　それは誰かが置き去りにした電子ペットだったかもしれない。だがそれは、私にとっては――きっと友人にとっても――象徴的な存在だった。

「輪廻転生だ」

　自分と友人のために、その悪いインディアンの生まれ変わりを足蹴にする。私たちを結びつけた誰かの魂は、この空っぽになった楽園に残していく。

　そして私は〝宇宙〟へと旅立つ。

　仏陀は七日間に渡って瞑想を続け、やがて全ての真理を得て目を開いた。彼が座っていた樹は〝悟りのオーク《ボーディ・カッフ》〟と呼ばれた。

その時、仏陀は目覚めた者になった。

7

私は他の市民と同様に〝宇宙〟へと潜った。

移住を果たした約三千万人の市民は、もはや互いに交流することもなく、それぞれに用意された世界を自由に創造して遊んでいた。この場所では生きることに積極的な意味はなく、何万年、何億年という長い時間を使うことだけが許されていた。

私の精神時間は、既に千倍まで引き伸ばされていたから〝エンプティ〟で一秒が経過するのに半世紀ほどかかる。それでも、その程度の時間は星が生まれるサイクルから考えれば一瞬だ。ようやく外の世界と私の世界の時間感覚が一致したとも言える。

この〝宇宙〟で生きるようになって三万年が経過した頃、ミラクルマンの公聴会が中断したという報せがもたらされた。どうやら冷凍睡眠から目覚めた市民が現れ始めたことで、ミラクルマンたちがいる〝エンプティ〟も対応することになったらしい。惜しい気持ちはあるが、いつか第三回の公聴会があるだろうことを期待して、私は自分のために作った世界を見守った。

広大な〝宇宙〟ではランダムに星々が生まれて消えていく。力を加えて生まれた銀河を見守り、恒星の配置を考え、惑星が集まるのを待つ。こうして宇宙環境を再現する市民も多いが、やはり地球型惑星を作って、自身で生物の進化をシミュレーションする市民の方が多い。やはり誰であれ、地球には未練があるらしい。

私は一から環境を構築するほどの根気はなかったから、どこかの市民が作成してくれた太陽系のアセットを流用することにした。別の市民は人類が発生するまでの再現過程も配布してくれていたが、それくらいは自身でやろうと思っていた。

そうして誕生した地球にフォーカスし、小さな力や傾きを加えて、海洋の生成を待った。やがて惑星が冷えれば水蒸気が溜まり海となり、無数の泡と有機物が生まれた。ここから生命が生まれるまでの過程は果てしないらしく、ここも他の市民が作成した手順を一部だけ利用した。やがて蛋白質は最初の生命を作った。

ここまで数億年の時間を費やして、私はミラクルマンが話していた苦しみについての真理を思い出していた。

原始の海を一方向に動かせば有機物が分かれ、細胞として形を作り、それは本能として動こうとし、他の生物を知覚し、別個の生物として固まり、やがて一個の生物として産まれ、生きて、老いて、死ぬ。

全てが、その繰り返しだった。消えた細胞は新たな細胞となり、生きるために別のシステムを内蔵して、新しく固まり、また消えていく。

その後の数十億年分は、精神時間を調整してスキップするようにした。すると、いつしか光合成を行う傲慢な原始藻たちが現れており、それらは地球を大量の酸素で汚染していた。この地獄から逃げ出そうとして、生命は新たに形を変えていく。複雑な社会を一個の細胞に宿した真核生物が生まれ、有性生殖で遺伝情報を交換し合うようになった。そして他者と固まろうとする生物の中から多細胞生物が生まれた。

私は思わず笑ってしまった。いつまで経っても生命の輪廻からは逃げられない。環境が荒廃する度に生命は別の方向を探し出し、そこで生存しようとしていた。しかし、いずれ必ず環境は変わってしまう。そうなれば、また同じように別の方向を探す。

生命の進化そのものが、終わりのない苦しみなのだ。

私がそう気づいた時に〝向こう側〟からもたらされる声があった。

もう一度、この場所に立てることを誇りに思うよ。

私が擬似的カンブリア爆発を見届けた頃、外の世界ではミラクルマンの第三回の公聴会が始まっていた。

どうやら向こうでも一年近くの時間が経っていたらしい。ミラクルマンの容姿に変わりはないが、それまで多くの作業に追われていたのだろう、表情の端々から疲労が見て取れた。

そして、その疲労はアメリカが順調に復活していることの表れだった。

今も多くの人たちが目覚めて、このアメリカを立て直そうとしているよ。果てしない仕事だけど、一歩ずつ前に進んでいる。それは確かだ。

正直に言えば、今もまだそっちで暮らしている人たちに向けて、僕が何を言えばいいのかはわからない。僕は貴方たちを全て救うことなんてできないし、どこで生きるのも自由だ。この大地だけが大地じゃない。

でも、僕は去年の公聴会で仏陀の話を全てできなかった。それが心残りなんだ。

どうか、アゴン族に伝わる最後の仏陀の話を聞いて欲しい。

私の〝宇宙〟では生命が様々な形に進化していった。

この無数の生命たちから一本の線が伸びて、今の人類に繋がっていく。私は無数に生えた植物を間引くように、定期的に生物種を絶滅させていった。その度に生命は過酷な環境で生きようとし、さらに様々な形へと進化していった。

乾いた大陸には植物が進出し、海中では脊椎動物が泳いでいる。ここまでくれば、あとはゆっくりと人類が現れるのを待てばいい。

悟りを得た仏陀は、自分の教えを人に伝えるべきか迷っていた。

それは仏陀の悟りが、人間の在り方とは逆のものだったからだ。苦しみはあらゆる場所に存在していて、それを消すということは、あらゆるものを消すのと同じだ。

だけど、その仏陀の前にブラフマンが現れた。

ブラフマンは仏陀に悟りを人々に伝えることを願った。それが人間の在り方と逆のものでも、苦しみを消すことに意味がある人はいる。その人たちのために伝えるべきだ。

そして仏陀は、自分の教えを人々に説くことにした。

やがて大陸に恐竜じみた大型生物が現れ、同時期に最初の哺乳類も生まれた。恐竜が地上を席巻しそうになったタイミングで、私は大災害を恣意的に発生させて絶滅を促した。

生き残った恐竜は大型の鳥となり、対抗するように大型哺乳類も生まれた。いずれかの生物種が増える度に、私はそれらが絶滅するように仕向けた。何度も繁栄と絶滅を繰り返し、生物種は地上に溢れていく。

そして、これまで逃げ続けていた小さな霊長類は手足を伸ばし、ヒトに近い姿になった。さらに樹上生活に適応できなかった弱い個体群は居場所を追われ、平原に出て、生き残るために二足歩行をするようになった。人類の最初の一歩だ。

生まれたばかりの人類はさまよいながらも、一つの方向を目指して歩んでいく。原初の人類は他者を知覚し、交わり、固まり、生きて、老いて死んでいく。

苦しみだけの世界に生まれた人類は、寒冷なヨーロッパに留まった集団と東へ向かう集団に分かれた。移動する中で何度も集団が離合しつつ、やがて一つの集団がアメリカ大陸へ辿り着いた。そこが終着点だった。

人類が狩猟と農耕が入り混じった生活を続けていく内に、各地で原初的な集落が発生していた。そして人類は集落を渡り歩くように移動を続けていたが、その方向が多く交わる一点に文明が生まれた。文明が生まれた理由は優れた個体がいたからではなく、その場所が単に、人類にとっての交差点だっただけだ。

文明は多くのものを生み出し、人類は加速度的に社会を発展させていった。ユーラシア大陸は交差点として優秀だった。いくつもの文明が生まれ、また滅び、その焼け跡から新たな文明が現れる。勃興と滅亡のサイクルが早いほど社会は複雑化し、以前のものより高度な文明を作り上げていく。

北アメリカ大陸では、そうはならなかった。中南米ではいくつもの文明が興《おこ》り、互いに滅ぼし、淘汰されて巨大な文明が生まれていった。しかし、北アメリカ大陸は広かった。人類は離れて暮らし、そこでは固まることも、生と死を繰り返すこともなかった。

少し目を離している内に、ヨーロッパの人類が新世界を目指して航海を始めていた。彼らは森から追われた祖先と同じ道を辿っている。暗闇に方向を見つけ、そこで生きようとしていく。

そして、大西洋を渡った人類がアメリカに到達した。

仏陀は各地の部族に教えを説いた。

そして彼に付き従う人々が増えていった。そしてリトル・ペニーの山に入り、そこで四つの真理と八つの正しい生き方を伝えた。仏陀の教えを受けた部族は〝聖なる教え《アガマ》〟と呼ばれた。

それが僕たちの先祖だ。

歴史は何度も繰り返した。

ヨーロッパの人類は必ずアメリカ大陸へ進出した。その地に暮らす先住民族に、ヨーロッパ文明の論理を使い、一方的に土地を奪う条約を押しつけ、従わない者たちと争い、追いやっていった。

少しでも先住民族に有利になるように手を加えても、その差が埋まることはなかった。どこでも必ずダコタ戦争が起こり、ウンデット・ニーの虐殺が起こった。

私は諦めきれずに、今の世界環境を放棄して保存地点からやり直すことにした。地中海でローマが発生するのを防ぎ、より東の文明が発展するように仕向けた。そうすると興味深いことに、日本列島から太平洋を渡るような文明が興った。文明はアメリカ西岸に到着し、仏教に似た独自の宗教を伝えるようになった。

そこまでは面白く見ていたが、やがて東の文明はヨーロッパと同じように、大陸の先住民族を追い出すようになった。シベリア近辺に興っていた帝国と大陸を巡って争いつつ、東から西へ、アメリカが辿った道を逆に進んで、独立を宣言して巨大国家を作った。

私は苦笑して、その歴史を持った地球を削除した。

全てが同じだった。アメリカが生まれる限り、インディアンを追い出したという罪は必ず背負うことになる。

仏陀に終わりの時が近づいてきた。

彼もまた人間である限りは死ぬ。しかし、彼は悟っていた。だから苦しみは終わる。もはや〝六つの生き方〟のどれかに生まれ変わることはなく、完全な無の場所へと行く。

リトル・ペニーの山奥に行き、一面に煙草《サカ》が生えている聖なる畑へ踏み入った。草をかき分けて、仏陀は旅立ちへの準備をした。

それは何度目かの地球だった。

その世界環境は、限りなく現実に近いものになるように細かい調整を加えていた。数多くのアセットが用意されていたから、同じことを試した市民が多かったということだろう。もっとも、近頃は他の市民の声を聞く機会も減ってしまったが。

いずれにせよ、私は懐かしい地球の再現に満足していた。

私が幼少期を過ごしたブーンビルも、引越し先のサンフランシスコも、ほとんどが同じものになった。ポートラの街の一角を見れば、私によく似た誰かが母親に抱きしめられていた。

そして、それは定められたように訪れた。

現実のアメリカを襲った〝大洪水〟の前夜だった。進化しようとするウィルスは瞬く間に広まっていった。致死性の病は流行し、人々は恐慌状態に陥った。

それでも数年ほど経てば、事態は落ち着いてアメリカは元の姿を取り戻した。

私はある地点まで世界環境を戻し、二つの巨大なハリケーンを作って大陸へぶつけた。同時にカリフォルニアには大地震を発生させ、多くの人々を葬った。

すると、その世界は現実と変わらない経緯で崩壊していった。薄紙を上から重ねて下の絵をなぞるように——多少の線のぶれはあるが——概ね同じものができあがった。

擬似アメリカは仮想環境へ逃げ込むことを選択し、あとにはインディアンたちが取り残された。散発的な暴動と略奪も収まり、やがて暗くなった大地にポツポツと火が灯るようになった。

私はリトル・ペニー保留地にまで視点を落とし、そこで暮らす擬似的アゴン族を観察した。彼らは小さなコミュニティで肩を寄せ合い、力のある若者は崩れた街から加工された食料を持ち出し、また小規模ながらも作物を育て始めていた。

やがて夜になると明るい音楽が聞こえてきた。保留地の外れに〝汗の家《スウェット・ロッジ》〟が建てられており、そこでは仏教の護摩行に似た儀礼が行われている。人々はアゴン族に伝わる経典を歌い上げ、火を囲んで踊りを捧げていた。さらに、その輪の中心には炎を見つめる若者がいた。長い黒髪と冷たい視線、曖昧な微笑みを持つ人物。

それは、この世界におけるミラクルマンだった。


聖なる森の中で仏陀は最後の教えを授けた。

その声を聞くのは弟子の一人であるアナンだった。誰よりも仏陀を尊敬していたアナンは、その死を誰よりも悲しんだ。

仏陀はアナンに告げる。悲しんではいけない。空も大地も、全てのもので、終わらないものはない。全ては集まり、離れていく。

アナンはさらに問う。貴方がこの世から去った後に、私たちはどうやって生きればいいのでしょう。それに仏陀は答える。

四つのことをよく覚えておきなさい。

彼方から響くミラクルマンの声と、この世界で炎に照らされたミラクルマンの二人の像が重なっていく。いつしか周囲は漆黒に塗り潰され、赤い光だけが人間の形を照らしていた。

思わず私は、その幻想のミラクルマンに問いかけていた。

「どうしてアメリカは滅ぶ。どうして、こうなってしまったんだ。病と災害で多くの人が死んだからか」

仏陀は告げた。まず人間が生まれ、その肉体を動かすだけで多くのものが滅びに向かう。大地に魂が満ちるだけで、それは最初から死に向かい、また互いに争うことになる。そうして〝六つの生き方〟を繰り返す。

「私たちは精神時間の中にいる。ここに肉体の苦しみはないはずだ。だが苦しみはあった。家族を失うことも、人々が争うこともあった」

仏陀は告げた。次に感覚がある。見ること、聞くこと、触れられること、感じること。それらがある限り、苦しみからは逃れられない。自分がある限り、そこに苦しみはある。

「何度も理想のアメリカを作ろうとした。しかし、どんな文明でも必ず滅んだ。一人の人間も巨大な文明も、結果は同じだった」

仏陀は告げた。また思考がある。暗闇に方向を見出そうとする限り、必ず最後には苦しみへ向かう。それは織物のようなもので、いくつもの糸が絡み、定まった方向へと編まれていく。最初の一本が間違っていたなら、完成することはない。


その瞬間、ミラクルマンの顔を照らしていた炎は消え、完全な〝宇宙〟の暗闇が訪れた。

私の問いに微笑みが返ってきた。

「では、生きる意味はあるのか」


最後に仏陀は告げた。

自分が滅しても、世界には法が残る。


それを最後にして、ミラクルマンから言葉が届くことはなくなった。

まるで仏陀がニルヴァーナの境地に至ったように、ミラクルマンも私の世界から去っていった。

私は〝宇宙〟の最も深いところへと潜っていき、何もない虚無に身を横たえた。そこに星の光はなく、また方向もなかった。目を閉じても開けても変わらない場所だった。

そこで私はミラクルマンの言葉を思い返す。

自分が去った世界に残るものは何だというのだろう。それは法則であり、仕組みであり、原理だという。そのもののために万物は生きていくのか。

ふと全くの暗闇に動くものを感じた。

それは目で捉えることもできない素粒子の動きだった。一つの方向を見つけた素粒子は回転し、他の素粒子とぶつかっていく。消えるものもあれば、大きな力を生み出すものもあった。

「全て同じだ」

私は一点に向けて動き出した。

止めていた世界環境を動かし、自分が作った地球へ。そして北アメリカ大陸西岸の、カリフォルニアの、リトル・ペニー保留地の、小さなロッジの炎の前へ。

ミラクルマンが不思議そうな表情で私を見ていた。そういった表情を見るのは初めてだった。

私はミラクルマンに方向を示した。まっすぐ東へ向かうように。

「貴方は、ブラフマンだ」

そう呟いたミラクルマンは、何かに駆られるようにロッジを飛び出していった。やがてミラクルマンはアゴン族を従え、他の部族と協力してアメリカを救うだろう。そして、この世界の私に語りかける。そこに輪廻の苦しみは続くだろうが、やがて抜け出すこともできる。

ようやく私は目覚めることにした。

8

私が目覚めた時、最初に案内してくれたのはホピ族の青年だった。

彼はアメリカ復興に向けて尽力する一人で、今はロサンゼルスにあるシェルター施設で働き、私のように起床してくる市民をケアしているらしかった。

数日間のリハビリと脳検査の後、私はようやく自由に外出することが許された。

私は〝Mアメリカ〟の精神時間で何十億年と過ごしてきたが、その経験を〝エンプティ〟に持ち越すことはできなかった。個人の脳では処理しきれない情報たちは、まるで夢の出来事のように断片的で、また日毎《ひごと》に薄れていく儚いものだった。

それでも私が向かう場所は決まっていた。

私が眠りについている間に、このアメリカでは三十年ほどの時間が流れていた。ロサンゼルスからサンフランシスコに向かう列車は清潔で、車窓から眺める街並みは目新しかった。未だに〝大洪水〟の爪痕は残り、復興していない地域も多いらしいが、アメリカ再建の動きは続いている。

やがてサンフランシスコに到着すれば、半島の半分は水没しているものの、活気ある街の風景が蘇っている。北へ向かえば、崩れたままのゴールデンゲートブリッジが目に入った。いくらか暗い気持ちになったが、その海峡を船が力強く進んでいく姿もあった。

目的の人物はサンフランシスコ北端のプレシディオ・パークにいるという。あのホピ族の青年も、そこであの聖者に会ったと自慢していた。

私が公園に入ると、既に人の流れが見て取れた。その向こうにいる人物の姿を思い描く。木々に覆われた道を歩き、サンフランシスコ湾を望む北端のビーチまで出た。浜辺に近づくほど群衆は静かになっていく。中には木陰で休むように座り、瞑想をする者も数多くいた。

その先で、人々が輪を描いて座っていた。空洞の中心には、ひときわ大きな樹があり、そこに星条旗が掲げられていた。そして旗の下には一人のインディアンがいる。その人物は周囲の人々に向けて自分の一族の教えを伝えているようだった。

そうしていると、中心にいた人物が私を見て立ち上がった。

「貴方が来るのを待っていたよ」

星条旗の下にいた人物が私の方へと歩み寄ってくる。大勢の人々が道を作り、私たちが出会う瞬間を見守っていた。

「向こうの〝Mアメリカ〟で、どれくらいの時間を重ねたのかな。それはきっと、五十六億七千万年の時……」

そこにミラクルマンがいた。

長く伸ばした黒髪は変わらないが、ところどころに白髪が混じっている。鋭い目つきはシワに覆われ、柔和なものに見えた。ただ一つ、あの微笑みだけが変わっていない。

三十数年後のミラクルマンは私を抱きしめる。そして呟く。

「とても可愛い人、僕の名前を覚えているかな」

ミラクルマンは私を試すように東の方角を指差した。

そこにあるものは、今ではリバティ島の女神像と並ぶ、新たなアメリカのシンボルだった。

「君の、本当の名前はミロクだ」

アルカトラズ島に建てられた巨大な仏像。その曖昧な微笑みは、私の目の前にいる人とよく似ている。

初出一覧

「雲南省スー族におけるVR技術の使用例」〈SFマガジン　二〇一六年十二月号〉早川書房

「鏡石異譚《きょうせきいたん》」『ILC／TOHOKU』早川書房（二〇一七年二月刊）

「邪義の壁」〈ナイトランド・クォータリー　vol.11　憑霊の館〉アトリエサード／書苑新社（二〇一七年十一月刊）

「一八九七年：龍動幕の内」Hayakawa Books & Magazines（β）（二〇一九年五月・ウェブ発表）

「検疫官」〈SFマガジン　二〇一八年十月号〉早川書房

「アメリカン・ブッダ」本書書き下ろし

解　説

声優　池澤春菜

柴田勝家は面白い。

いやだってまず名前からして面白い。「何だよ柴田勝家って、武将かよ（笑）」って言いながら本人に会った人全員、ハイライトを失った目で「はい、柴田勝家でした」って言う。ちなみに本名は綿谷翔太。え、なにその男子アイドル育成ゲームでピンクの髪で萌え袖のマスコット的存在、天然と見せかけて実はやや腹黒キャラみたいな完璧な名前?!

一人称は「ワシ」だ。名前の近いところで、声優の柴田秀勝さんの声で再生していただきたい。懐かしいところだと『銀河旋風ブライガー』のＯＰナレーション、鬼太郎のバックベアードだ。で、それに含羞と甘えを程よくミックスして、ドジっ子要素を盛大に振りかけると、柴田勝家の「ワシ」になる。

見た目も面白い。凄く大きい。そして髭もじゃ。この間、日本ＳＦ作家クラブでＺｏｏ

m会議している間中、ものすごく集中して議事録を取っていた勝家氏、画面には終始、眉間の皺とおでこしか映っていなかった。怖いよ、勝家氏。

中身も面白い。フィンランドのワールドコンに一緒に行った時、トランクの鍵を忘れてきた勝家氏（お家にあったことをお母さんに電話して確認）。致し方なく、現地で服を調達。I love Finlandと大書されたベタすぎるTシャツを買う。あと何故か短パン。でも唯一手元に残されていた靴は、ばっちり革靴で、良くわからない生き物になっていた。

慣れない短パンで足首を冷やしたのか、その後疲労骨折していた。マジか。

ちょっと前にも、足首グネって、打ち合わせお休みしてた。足首弱点か。

ワールドコンのジャパンパーティで、その風貌から大人気だった勝家氏。なぜかパーティ会場の地下にサウナがあり、パーティに遊びに来た参加者が次々と腰巻きタオルに濛々たる湯気のフィンランド流正装になっていく中、ひとり借り物の着物で佇む勝家氏。「みんな優しいです」と目を潤ませて感動する勝家氏。

あだ名が必要ではないかということになり、フィンランドチームで色々検討した結果、カッツェになった勝家氏（でもこの解説でカッツェを連呼するとかっこつかないので、勝家氏で行きます）。編集部からは殿と呼ばれている。要素揃いすぎか。

骨を埋める覚悟をしたメイド喫茶があり、そこで執筆をしている勝家氏。でもメイドさんたちにはなかなかの塩対応を食らっているらしい。

駄目だ、いくらでもエピソードが出てくる（ちなみに、わたしは勝家氏の大学の先輩なので、多少暴露しても、先輩権限で許されると思っている）。

そして何より、柴田勝家の書くものは面白い。


第二回ハヤカワＳＦコンテスト大賞を『ニルヤの島』で受賞し、デビュー。自身の専攻であった民俗学をＳＦと融合させた、著者ならではの一作。これがまぁ、骨太で、ド直球で、がっぷり四つで、意欲的で、難解で、凄いのだ。作風と言い、本人の芸風と言い、大変な新人が現れた、と当時も話題だった。

そこから、確実に、実直に作品を重ねてきた勝家氏が、もしや一つ抜けたのでは、と思ったのが『ヒト夜の永い夢』だ（上から偉そうだけど、先輩だからいいのだ）。

柴田勝家は真面目なのだ。たぶん、めちゃくちゃ資料とか集めて、読み込んで、うんうん唸りながら書いている（メイド喫茶で）。ひたすら自分の書くものに誠実であろう、今ある全てを注ぎ込もう、とする。ただ、エンタテインメントとどう折り合いをつけたらいいのか、ちょっと迷ってた時期もあるんじゃないかと思う（勝手なこと言ってるけど、先輩以下略）。

それが、『ヒト夜の永い夢』で、ああ、こういうことか、と一つ本人の腑に落ちたのではないかしら。緩急の付け方、大風呂敷の広げ方も軽やかで、筆運びにも書いている本人の楽しさが見える。もちろん苦労したと思う。きっとものすごい試行錯誤をして、呻吟《しんぎん》しながら書き上げた長編だ。

でも、あそこで柴田勝家は、柴田勝家Mk貳になれたのではないか。その結果は、この短編集に如実に表れていると思う。


収録作の解説を少し。

『雲南省スー族におけるVR技術の使用例』、初出は『SFマガジン』二〇一六年十二月号、後に『伊藤計劃トリビュート2』『短篇ベストコレクション：現代の小説2017』『2010年代SF傑作選2』にも収められた。第四十九回星雲賞【日本短編部門】受賞。わずか二十二ページのこの短編が、その年SF界に与えた衝撃は大きかった。少数民族×仮想現実という意味で、『アメリカン・ブッダ』と呼応し合う作品かもしれない。

ちなみに星雲賞受賞祝いで刊行された電子書籍版のボーナストラックは、「星の光の向こう側『アイドルマスター シンデレラガールズ ビューイングレボリューション』体験記」。その振れ幅たるや。世界よ、これが柴田勝家だ。

『鏡石異譚《きょうせきいたん》』は、二〇一七年『ILC／TOHOKU』に収録された作品。岩手県にILC、国際リニアコライダーが実装された近未来をベースに、小川一水、野尻抱介、そして我らが柴田勝家が競作。面白いのは、このＩＬＣが正に現在進行形の計画だということ。リニアコライダーとはなんぞや。難しいので、さっくり説明すると、次世代の直線型衝突加速器で、電子や素粒子をすっごい勢いでばーーーーんとぶつけて、ビッグバンを人工的に再現しちゃおうぜ、というもの。

勝家氏はそこに持ち味である民俗学を加え、量子論的重ね合わせをトッピングし、少女の成長の物語を描き出した。

『邪義の壁』は、二〇一七年『ナイトランド・クォータリーｖｏｌ．11』収録作品。ナイトランド・クォータリーは、ホラー＆ダーク・ファンタジー専門誌。ｖｏｌ．11のテーマは、憑霊の館。

民俗学とホラーの相性のいいこと。ひたひたと主人公を侵食していく狂気にぞくぞくする。でもわたし、壁ってそんな厚みないと思ってた……。

『一八九七年：龍動幕の内』は『ヒト夜の永い夢』の前日譚。この南方熊楠という在野の博物学者、生物学者、民俗学者は、フィクションを軽く凌駕する逸話まみれの凄まじい人物。端的に言えば、天才、奇人。六カ国語を操り（理解できたのは十八〜二十二カ国語とも）、無類の博覧強記、夏はほぼ裸で過ごす、自由自在に吐ける必殺技持ち、昭和天皇に御前講義した時はキャラメルの箱に粘菌標本を入れて渡す……どんな奇想天外なＳＦの中においても、熊楠先生ならさもありなん、と思わせてくれる強キャラです。

『検疫官』は『ＳＦマガジン』二〇一八年十月号掲載、後に『年刊日本ＳＦ傑作選 おうむの夢と操り人形』に再録。

水際で感染を食い止める検疫官、ただし対象は病原体ではなく、物語。体よりも思想に影響を及ぼすもの。故に、より不可逆的。自らの職務に誇りを持っていたひとりの検疫官は、不思議な少年と出会ったことで変わっていく。

柴田勝家作品に関わりのあるテーマの一つに、ミームがあるのではないかと思う。伝播しながら進化し、変化していく文化的な情報。知ることによって変わる、進化か、退化か。デビュー作『ニルヤの島』では模倣と類似、ミームが大きな意味を持っていた。ＳＦマガジン二〇一五年一月号に掲載された『戦国武将、ミームを語る――柴田勝家インタビュー』が大変面白いので、機会があればｃａｋｅｓ版を読んでいただきたい。

https://cakes.mu/posts/8369

（紙の本にＵＲＬを貼るの、あんまり意味ない気がする。柴田勝家、ミーム、で検索してみて下さい）

表題作の『アメリカン・ブッダ』は書き下ろし。わたしはこれが一番好き。

この短編集は、二〇一六年からの作品が収められている。柴田勝家の進化の過程だ。その中でも、この作品は、最新型。真面目さと、素のヘンテコさと、今ある世界の中から掬い取る物語の種、そしてヒトへの希望。今の柴田勝家の要素が全て詰まった短編だと思う。